16	3	2	13
5	10	11	8
9	6	7	12
4	15	14	1

Coleção LESTE

Fiódor Dostoiévski

GENTE POBRE
Romance

Tradução, posfácio e notas
Fátima Bianchi

editora 34

EDITORA 34

Editora 34 Ltda.
Rua Hungria, 592 Jardim Europa CEP 01455-000
São Paulo - SP Brasil Tel/Fax (11) 3811-6777 www.editora34.com.br

Copyright © Editora 34 Ltda., 2009
Tradução © Fátima Bianchi, 2009

A FOTOCÓPIA DE QUALQUER FOLHA DESTE LIVRO É ILEGAL E CONFIGURA UMA
APROPRIAÇÃO INDEVIDA DOS DIREITOS INTELECTUAIS E PATRIMONIAIS DO AUTOR.

Título original:
Biédnie liúdi

Imagem da capa:
A partir de gravura de Oswaldo Goeldi, 1930
(autorizada sua reprodução pela Associação Artística Cultural
Oswaldo Goeldi - www.oswaldogoeldi.com.br)

Capa, projeto gráfico e editoração eletrônica:
Bracher & Malta Produção Gráfica

Revisão:
Fabrício Corsaletti
Fernanda Diamant

1ª Edição - 2009 (7ª Reimpressão - 2024)

CIP - Brasil. Catalogação-na-Fonte
(Sindicato Nacional dos Editores de Livros, RJ, Brasil)

Dostoiévski, Fiódor, 1821-1881

D724g   Gente pobre / Fiódor Dostoiévski; tradução,
posfácio e notas de Fátima Bianchi — São Paulo:
Editora 34, 2009 (1ª Edição).
192 p. (Coleção Leste)

ISBN 978-85-7326-433-3

Tradução de: Biédnie liúdi

1. Literatura russa. I. Bianchi, Fátima.
II. Título. III. Série.

CDD - 891.73

GENTE POBRE

Gente pobre 9

Posfácio da tradutora 174

GENTE POBRE

As notas da tradutora estão assinaladas como (N. da T.), e as outras, que são da edição russa, como (N. da E.).

Traduzido do original russo *Pólnoie sobránie sotchniênii v tridtsatí tomákh — Khudójestviennie proizviedeniya* (Obras completas em 30 tomos — Obras de ficção) de Dostoiévski, tomo I, Ed. Naúka, Leningrado, 1972.

"Oh, estou farto desses contadores de história! Em vez de escrever alguma coisa útil, agradável, prazerosa, mas não, revolvem todos os podres da terra!... Pois eu os proibiria de escrever! Ora, o que parece isso: a pessoa lê... sem querer se pega pensando — e aí lhe vem à cabeça todo tipo de disparate; palavra que os proibiria de escrever; no fim das contas eu pura e simplesmente os proibiria."

Príncipe V. F. Odóievski[1]

[1] Do conto "O morto vivo", de 1839, de Vladímir Odóievski (1804-1869). (N. da E.)

8 DE ABRIL

Minha inestimável Varvara Alieksiêievna!

Ontem fiquei feliz, desmedidamente feliz, feliz a mais não poder. Ao menos uma vez na vida deu-me ouvidos, sua teimosa. À noitinha, por volta das oito, acordo (como sabe, minha filha, gosto de tirar uma soneca de uma horinha, duas, depois do trabalho), pego uma velinha e ponho-me a arrumar os papéis, a afiar a pena; de repente levanto os olhos, por acaso — palavra, de súbito meu coração começou a disparar! Afinal entendeu o que eu mais desejava, o que mais desejava o meu coraçãozinho! Olho, uma pontinha da cortininha de sua janela está arrebitada e presa ao vaso de balsamina, tal como já lhe havia insinuado; por um momento me pareceu que seu rostinho também surgira à janela e que de seu quartinho também olhava para mim, que também estava pensando em mim. E como fiquei desapontado, minha pombinha, por não poder discernir direito esse seu rostinho gracioso! Houve um tempo em que eu também enxergava com nitidez, minha filha. A velhice não é brincadeira, minha querida! Mas, agora, é como se tudo se me turvasse diante dos olhos; um pouquinho que trabalhe à noite, uma coisinha que escreva, pela manhã os olhos estão vermelhos e tão lagrimejantes que chega a dar vergonha diante de estranhos. Entretanto, em minha imaginação, estava com seu sorrisinho radiante,

Gente pobre

anjinho, seu sorrisinho tão amável e afetuoso; e em meu coração experimentei exatamente a mesma sensação de quando a beijei, Várienka — está lembrada, anjinho? Sabe, minha pombinha, que me pareceu até que me ameaçava daí com o dedinho? É verdade, sua travessa? Descreva-me isso tudo sem falta com detalhes em sua carta.

E, então, que tal a nossa invençãozinha a respeito de sua cortininha, Várienka? Fascinante, não é mesmo? Se me sento para trabalhar, se me deito para dormir, se acordo, sei que daí também pensa em mim, que me compreende e, além disso, se está com saúde e contente. Se baixa a cortina, quer dizer — boa noite, Makar Alieksiêievitch, hora de dormir! Se a levanta, quer dizer — bom dia, Makar Alieksiêievitch, como passou a noite, ou: como vai de saúde, Makar Alieksiêievitch? Quanto a mim, graças ao Criador, estou bem e com saúde! Está vendo, minha estrelinha, como isso foi bem bolado; nem de cartas é preciso. Bem pensado, não é mesmo? E foi uma invençãozinha minha! E, então, não sou bom para essas coisas, Varvara Alieksiêievna?

Devo informá-la, Varvara Alieksiêievna, minha filha, de que esta noite, contrariando as expectativas, dormi um sono só, o que me deixou realmente satisfeito; embora num alojamento novo, de casa nova, é como se a gente nunca fosse conseguir pegar no sono; fica sempre parecendo que há algo errado! Levantei-me hoje como o falcão fulgente[2] — contente de dar gosto! Que bela manhã está fazendo hoje, minha filha! Abriram aqui a minha janelinha;[3] o solzinho está brilhante, os pássaros chilream, o ar recende aromas primaveris, e toda a natureza se revivifica — bem, e todo o resto também

[2] Referência à história popular *Fínist: o falcão fulgente*, de autoria anônima. (N. da T.)

[3] Com a chegada da primavera, os caixilhos e a vedação que impedem a entrada de ar frio durante o inverno são retirados das janelas, para que possam ser abertas. (N. da T.)

está em correspondência; tudo em ordem, à maneira primaveril. Hoje até me entreguei a sonhos bem agradáveis, e meus sonhos foram o tempo todo com você, Várienka. Comparei-a com um pássaro do céu, criado para a alegria dos homens e adorno da natureza. E então pensei que pessoas como nós, Várienka, que vivem sempre em meio a tribulações e sobressaltos, também deveriam invejar a felicidade despreocupada e inocente das aves do céu — bom, e todo o resto também assim, e por aí vai; quer dizer, fiquei fazendo essas comparações vagas. Estou com um livro aqui, Várienka, e nele também está tudo descrito desta mesma maneira e com bastantes pormenores. Escrevo isso porque os sonhos costumam variar, minha filha. Agora é primavera, por isso os pensamentos são sempre tão agradáveis, aguçados, engenhosos, e os sonhos são ternos, sempre cor-de-rosa. Foi por esse motivo que escrevi isso tudo; aliás, tirei isso tudo do livro. Nele o autor exprime esse mesmo desejo em versos e escreve:

Por que não sou uma ave, uma ave de rapina?!

Etc. e tal. Há ainda vários pensamentos nele, mas não vem ao caso! E por onde foi que andou hoje de manhã, Varvara Alieksiêievna? Ainda nem havia me aprontado para ir à repartição e já esvoaçava do quarto e atravessava o pátio toda contentinha, como um verdadeiro pássaro primaveril. Como fiquei contente ao vê-la. Ah, Várienka, Várienka! Não fique triste; não é com lágrimas que se remedia a dor; isso eu sei, minha filha, sei por experiência própria. Agora está tão tranquila, até de saúde está um pouco melhor. E como vai sua Fiódora? Ah, que mulher bondosa é essa! Escreva-me, Várienka, dizendo como estão vivendo aí agora e se estão satisfeitas com tudo. É verdade que Fiódora é um pouco rabugenta; mas não faça caso disso, Várienka. Deus a proteja! Ela é tão boa.

Já lhe escrevi sobre nossa Teresa, que também é uma mulher boa e fiel. Como já estava preocupado com nossas cartas! Como fazer para entregá-las? E eis que, para nossa felicidade, Deus nos enviou Teresa. É uma mulher boa, dócil e calada. Mas a nossa senhoria é simplesmente impiedosa. Sobrecarrega-a de trabalho como se fosse um pano de chão.

Em que pardieiro vim eu parar, Varvara Alieksiêievna! Bem, é um alojamento! É verdade que antes vivia como um surdo, bem sabe: em paz e em silêncio; dava até para ouvir uma mosca voando, se acontecia de entrar uma mosca no quarto. E aqui há barulho, gritaria, vozerio! Nem faz ideia de como isso tudo aqui está arranjado. Imagine, por exemplo, um corredor comprido, completamente escuro e sujo. Do lado direito a parede é inteiriça, do lado esquerdo são portas e mais portas, todas enfileiradas, exatamente como os quartos de hotel. E há quem alugue estes quartos, e são todos quartos de solteiro; em um único vivem de duas a três pessoas. Nem pergunte pelo regulamento — é a própria arca de Noé! De resto, parece que, apesar de tudo, é uma gente boa, com instrução, culta. Há um funcionário (de alguma seção literária aí), um homem lido: fala de Homero, de Brambéus[4] e de vários escritores lá deles, fala sobre tudo — é um homem inteligente! Moram dois oficiais que passam o tempo jogando cartas. Mora um aspirante da marinha; mora um inglês, professor. Espere para ver, ainda a farei se divertir, minha filha; na próxima carta vou descrevê-los de modo satírico, isto é, tal como são, até nos menores detalhes. Nossa senhoria é uma velhota muito pequena e pouca asseada — anda o dia todo de pantufas e roupão e o dia todo só faz ralhar com Teresa. Eu moro na cozinha, ou eis como seria muito mais correto dizer: contíguo à cozinha há um quarto (é preciso dizer que temos uma cozinha limpa, clara e muito boa), não é um quarto grande, é um cantinho bem modesto... isto é, melhor ainda seria dizer, a cozinha é grande, com três janelas,

---

[4] Trata-se do Barão Brambéus, pseudônimo de O. Sienkóvski (1800-1858), redator da revista *Bibliotieka dlia Tchtiéniia*, cujos artigos e contos o tornaram ídolo do público menos culto. (N. da E.)

e eu tenho um tabique paralelo à parede transversal, de modo que é como se houvesse mais um quarto, um quarto extra-numerário; é bem espaçoso e confortável, tem janela e tudo — em suma, tem todo o conforto. Bem, esse é o meu cantinho. E não vá pensar, minha filha, que haja nisso alguma outra coisa, qualquer sentido oculto; mas, ora, vai dizer, é uma cozinha! — isto é, na verdade, é nesse quarto mesmo atrás do tabique que estou morando, mas isso não quer dizer nada; por mim vou vivendo quieto, escondidinho, apartado de todos. Coloquei aqui uma cama, uma mesa, uma cômoda, um par de cadeiras e pendurei um ícone na parede. É verdade que há alojamentos até melhores — talvez haja até muito melhores —, mas o mais importante mesmo é a comodidade, já que estou neste apenas pela comodidade, e nem pense que tenha sido por alguma outra coisa. Sua janelinha fica em frente, do outro lado do pátio; e o pátio mesmo é estreitinho, dá para vê-la passar — pobre de mim, me sinto bem mais feliz, além de ser mais barato. Aqui, nosso pior quarto, com a alimentação, custa trinta e cinco rublos em notas.[5] Não é para o meu bolso! Já meu alojamento me custa sete rublos em notas, mais cinco rublos de prata pela comida: então são vinte e quatro rublos e cinquenta copeques, enquanto antes pagava trinta exatos, mas em compensação renunciava a muita coisa; chá nem sempre tomava, e agora passei a economizar tanto para o chá como para o açúcar. Sabe de uma coisa, minha querida?, é meio embaraçoso não tomar chá; aqui só tem gente de recursos, de modo que é embaraçoso. É pelos outros que a gente o toma, Várienka, para manter a aparência, por ser de bom tom; mas por mim tanto faz, não sou caprichoso. Admita ainda que há de se trazer um dinheiro no bolso (dinheiro para as despesas miúdas) — alguma coisa sempre é

[5] Trata-se do papel-moeda que existia na Rússia desde 1769. Em 1830, um rublo de papel, pelo câmbio oficial, equivalia a 27 copeques de prata. (N. da E.)

Gente pobre

necessária — um parzinho de botas, uma roupinha que seja —, será que sobra muito? E nisso vai todo o meu ordenado. Eu mesmo não me queixo e estou satisfeito. É o suficiente. Há alguns anos já que tem sido suficiente; há também as gratificações. Bem, até logo, meu anjinho. Comprei aí um parzinho de vasos de balsamina e gerânio — não foi caro. Mas talvez goste também de resedá? Pois há também resedá, escreva-me; sabe, escreva sempre com o máximo de detalhes que puder. Aliás, não fique imaginando coisas e não se preocupe comigo, minha filha, por ter alugado semelhante quarto. É verdade que fui levado pela comodidade, apenas a comodidade me seduziu. É que eu, minha filha, estou juntando, guardando um dinheiro; uns cobrinhos tenho. Não ligue para o fato de ser eu tão fracote a ponto de parecer que uma mosca poderia me desmontar com uma asa. Não, minha filha, no fundo não sou nenhum fracote, e tenho exatamente o tipo de caráter que convém a um homem de alma firme e serena. Até logo, meu anjinho! Escrevi-lhe tanto que por pouco não enchi duas folhas, e já passa muito da hora de ir para o trabalho. Beijo-lhe os dedinhos, minha filha, e continuo

seu devotadíssimo criado e fidelíssimo amigo
Makar Diévuchkin

P. S. Só lhe peço uma coisa: responda-me, meu anjinho, com as menores minúcias. Envio-lhe junto, Várienka, uma librazinha[6] de balas, então saboreie-as e faça delas bom proveito, e mais: pelo amor de Deus, não se preocupe comigo nem me guarde rancor. Bem, então até logo, minha filha.

---

[6] *Funt* em russo. Medida de peso fora de uso na Rússia, que equivalia a 409,5 gramas. (N. da T.)

8 DE ABRIL

Prezado senhor Makar Alieksiêievitch!

Sabe que me vejo afinal forçada a me indispor de uma vez por todas com o senhor? Juro-lhe, meu bom Makar Alieksiêievitch, que me chega a ser penoso aceitar seus presentes. Sei o que lhe custam, sei quanta privação e renúncia às coisas mais indispensáveis impõe a si próprio. Quantas vezes lhe disse que não preciso de nada, de absolutamente nada; que não estou em condições de lhe retribuir sequer os favores com que tem me cumulado até agora? E para que preciso destes vasos? Bem, a balsamininha ainda vá lá, mas para que o gerânio? Bastou-me dizer uma palavrinha por descuido, como, por exemplo, sobre este gerânio, para que na mesma hora fosse comprá-los; e diz que não é caro! Que encanto de flores! Escarlates com cruzinhas. Onde foi que conseguiu um gerânio tão mimosinho? Coloquei-o no peitoril da janela, no centro, no lugar mais visível; no chão vou colocar um banco, e em cima do banco colocarei mais flores; espere só eu ficar rica! Fiódora não se cansa de admirar; nosso quarto agora está um verdadeiro paraíso — limpo, claro! Mas e as balas, para quê? Para dizer a verdade, ainda agora adivinhei por sua carta que há algo de errado com o senhor — paraíso, primavera, aromas que voam, passarinhos que chilream. O que é isso, penso eu, não haverá aqui versos também? Pois é verdade, Makar Alieksiêievitch, só faltaram uns versos em sua carta! Há de um tudo aqui — sensações ternas, sonhos cor-de-rosa. Quanto à cortina, foi sem pensar; pelo visto, ficou enroscada por acaso, quando mudei os vasos de lugar; foi isso!

Ah, Makar Alieksiêievitch! Por mais que fale aqui, por mais que faça cálculos de seus rendimentos para me enganar, para me mostrar que gasta tudo inteira e unicamente consigo próprio, de mim não consegue ocultar nem encobrir nada. É evidente que se priva do indispensável por minha causa. O que lhe deu na cabeça, por exemplo, para alugar um alojamento desses? Pois aí o aborrecem, perturbam; é apertado e incômodo para o senhor. Sei que gosta de reclusão, e aí está cercado de todo tipo de gente! Mas poderia viver muito melhor, a julgar por seu ordenado. Fiódora diz que antes vivia muito melhor do que agora, que nem se compara. Será possível que tenha passado sua vida inteira assim, na solidão, em meio a privações, sem alegria, sem uma palavra amável, amiga, num canto alugado em casa de gente estranha? Ah, meu bom amigo, que pena tenho do senhor! Poupe ao menos a sua saúde, Makar Alieksiêievitch! Diz que está ficando com a vista fraca, então não escreva à luz de velas; para que escrever? Decerto que não precisa disso, seu zelo pelo trabalho é bem conhecido de seus superiores.

Mais uma vez lhe imploro, não gaste tanto dinheiro comigo. Sei que gosta de mim, mas o senhor mesmo não é rico... Também me levantei alegre hoje. Estava me sentindo tão bem; Fiódora já estava trabalhando há bastante tempo, conseguiu trabalho também para mim. Fiquei tão contente, dei uma saída apenas para comprar seda e me pus a trabalhar. Passei a manhã toda tão feliz, sentindo a alma tão leve! Mas agora voltaram-me os pensamentos negros e tristes; sinto o coração confrangido.

Ah, o que vai ser de mim, qual será a minha sina! É duro viver nessa incerteza, sem ter um futuro, sem poder sequer prever o que há de acontecer comigo. Tenho até medo de olhar para trás. Há tanta miséria lá que, só de lembrar, fico com o coração dilacerado. Hei de me queixar para sempre das pessoas malvadas que destruíram a minha vida!

Está escurecendo. É hora de voltar ao trabalho. Gostaria de escrever-lhe sobre muita coisa, mas não tenho tempo, o trabalho deve ficar pronto no prazo. Preciso me apressar. De certo que as cartas são uma coisa boa; elas deixam tudo menos chato. Mas por que nunca vem pessoalmente nos visitar? Por que isso, Makar Alieksiêievitch? Pois agora mora perto, e além do mais às vezes tem um tempo livre. Venha, por favor! Vi sua Teresa. Ela parece tão doente; tive pena dela; dei-lhe vinte copeques. Ah, sim, já ia me esquecendo: escreva-me tudo, sem falta, sobre o seu dia a dia, com o máximo de detalhes. Que tipo de pessoas são essas que o cercam e se se dá bem com elas. Quero muito saber sobre isso tudo. Olhe lá, escreva sem falta! Hoje vou arrebitar um canto de propósito. Deite-se mais cedo; ontem até a meia-noite vi luz em seu quarto. Então, até logo. Hoje me sinto deprimida, aborrecida e triste! Parece que esse foi um dia daqueles! Até logo.

Sua
Varvara Dobrosiólova

8 DE ABRIL

Prezada senhora
Varvara Alieksiêievna!

Sim, minha filha, é verdade, minha querida, parece que foi mesmo um diazinho daqueles para a minha malfadada sorte. É verdade; divertiu-se às minhas custas, um pobre velho, Varvara Alieksiêievna! Aliás, a culpa é minha, toda minha! Quem mandou, na minha idade, com uns fiapos de cabelos, me meter em namoricos e em equívocos... E lhe digo mais, minha filha: o homem às vezes é um ser esquisito, muito esquisito. Ah, Deus meu! às vezes se põe a falar cada coisa! E em que então não resulta, o que não decorre disso! Não decorre absolutamente nada, mas resulta em cada asneira que Deus me livre e guarde! Zangado, minha filha, não estou, mas só de lembrar de tudo sinto um tremendo desgosto, desgosto por lhe ter escrito de modo tão rebuscado e estúpido. Até mesmo para o serviço fui hoje parecendo um janota; com

Gente pobre

o coração tão exultante! Sem quê nem por quê, minha alma estava em festa; sentia-me feliz! Pus-me a cuidar dos papéis com diligência — e o que resultou depois disso tudo! Depois, bastou lançar um olhar à minha volta, para tudo ficar como antes — cinzento e escuro. As mesmas manchas de tinta de sempre, as mesmas mesas e papéis de sempre, e também eu era o mesmo de sempre; tudo permanecia exatamente do mesmo jeito que era — então, o que foi que houve aqui para eu querer montar justamente o Pégaso?[7] De onde foi que saiu isso tudo? Só porque um solzinho deu as caras e deixou o céu azulado! foi por isso? E que aromas são estes, quando sob as janelas do nosso pátio acontece de um tudo! É óbvio que tive essa impressão toda porque sou um tolo. Mas às vezes acontece mesmo de a pessoa se deixar levar por seus próprios sentimentos a ponto de se pôr a dizer disparates. Não é por outra coisa que isso se dá, senão por um ardor estúpido e excessivo do coração. Para casa mesmo não vim, me arrastei; sem mais nem menos começou a me doer a cabeça; e parece que uma coisa sempre puxa outra. (Devo ter apanhado friagem nas costas.) Com a chegada da primavera, fiquei mesmo alegre, feito um completo idiota, e saí com um capote leve. E, quanto aos meus sentimentos, engana-se, minha querida! Tomou essa minha efusão por um lado completamente oposto. Era a afeição paternal que me movia, pura e unicamente a afeição paternal, Varvara Alieksiêievna; já que ocupo em sua vida o lugar de um verdadeiro pai, por sua amarga orfandade; digo isso sinceramente, de todo coração, como um parente. Mas, seja lá como for, ainda que distante, ainda que, como diz o ditado, de sétimo grau, de qualquer modo sou seu parente, e agora seu parente mais próximo e protetor; já que lá, onde tinha todo o direito de buscar proteção e refúgio, só encontrou traição e ofensa. E, quanto aos versinhos, que-

---

[7] Cavalo alado da mitologia grega que, com uma patada, fez brotar do Hélicon a fonte onde os poetas bebiam a inspiração. (N. da T.)

ro lhe dizer, minha filha, que não fica bem na minha idade me pôr a treinar para compor versos. Os versos são uma tolice! Hoje em dia, nas escolas, por causa de versinhos, chegam até a açoitar a meninada... isso é que é, minha querida.

Que história é essa a respeito de conforto, tranquilidade e todas essas outras coisas que me escreve, Varvara Alieksiêievna? Minha filha, não sou rabugento nem exigente, nunca vivi melhor do que agora; então por que haveria de me tornar caprichoso na velhice? Estou bem-alimentado, vestido, calçado; e, além do mais, onde havia de enfiar meus caprichos? Não sou de família de condes! Meu pai não possuía nenhum título de nobreza e, com toda a família que tinha, seus rendimentos eram mais modestos que os meus. Não sou nenhum melindroso! Aliás, se é para dizer a verdade, pois saiba que em meu antigo alojamento tudo era incomparavelmente melhor; era mais espaçoso, minha filha. Claro que meu alojamento de agora também é bom, em certo sentido é até mais alegre e, se quer saber, mais diversificado, não tenho nada a dizer contra ele, mas ainda sinto falta do antigo. Nós, os velhos, isto é, as pessoas de mais idade, nos acostumamos às coisas antigas como se fossem um ente querido. Aquele alojamentozinho era bem pequeno, sabe; as paredes eram... mas para que falar disso! — as paredes eram como qualquer parede, não é essa a questão, mas é que essas recordações todas do meu passado me enchem de nostalgia... É uma coisa estranha — penosa, mas é como se as recordações fossem agradáveis. Até as coisas ruins, que por vezes me aborreciam, no entanto, nas recordações parece que se purificam do mal e se apresentam de um ângulo atraente à minha imaginação. Víviamos sossegados, Várienka; eu e minha falecida senhoria, já velhinha. E é dessa minha velha que agora me lembro com um sentimento de tristeza! Era uma boa mulher e não cobrava caro pelo quarto. Estava sempre tricotando mantas de retalhos diferentes com agulhas de tricô de um *archin* de comprimento; essa era a sua única ocupação. Até a luz nós partilhávamos,

Gente pobre

de modo que trabalhávamos à mesma mesa. Ela tinha uma netinha, Macha — me lembro dela ainda criança —, a menina deve ter agora uns treze anos. Era tão levada, alegre, fazia-nos rir o tempo todo; e era assim que vivíamos os três. Durante os longos serões de inverno, costumamos nos sentar a uma mesa redonda, tomar nosso chá, e depois nos pôr a trabalhar. E a velha, para entreter a Macha e para que a travessa não faça folia, se põe a contar histórias. E que histórias! Não só uma criança, até uma pessoa sensata, inteligente, se deixa enredar. E como! eu mesmo acendo meu cachimbinho e me deixo enredar de tal modo que me esqueço completamente do trabalho. E a própria criança, a nossa traquinas, fica pensativa; escora a bochechinha rosada na mãozinha, abre sua linda boquinha e, se a história inspira um pouco de medo, então vai se agarrando toda à velha. Para nós, então, que prazer era olhar para ela; nem reparamos que a velinha está derretendo, nem percebemos que a nevasca às vezes recrudesce do lado de fora e varre a tempestade de neve. Conseguíamos viver bem, Várienka; e olha que vivemos juntos por quase uns vinte anos. Mas o que estou eu aqui tagarelando! Talvez esse tipo de assunto não lhe agrade, e além disso não é tão fácil assim para mim ficar lembrando, sobretudo agora, à hora do crepúsculo. Teresa está ocupada com alguma coisa, estou com dor de cabeça e também com um pouco de dor nas costas, e além do mais com uns pensamentos tão estranhos, que é como se também eles me doessem, me sinto triste hoje, Várienka! Mas o que escreve aqui, minha querida? Como posso eu ir visitá-la? Minha pombinha, o que diriam as pessoas? Pois para isso será preciso atravessar o pátio, todo mundo ia notar e começar a nos fazer perguntas — iam logo correr rumores, mexericos, haveriam de dar um outro sentido à coisa. Não, meu anjinho, é melhor que a veja amanhã na missa da noite; será mais sensato e menos prejudicial para nós dois. E não me leve a mal, minha filha, por lhe escrever uma carta dessas; ao relê-la vejo que está tudo tão incoerente. Sou um homem velho, Várienka, sem estudos, quando era jovem não aprendi direito, e agora, mesmo que recomeçasse a estudar, não me entraria nada na cabeça. Reconheço, minha filha, que não sou nenhum mestre da descrição, e sei, sem ninguém precisar apontar e ficar rindo, que, se quisesse escrever alguma coisa mais complicada, sairia um porção de disparates. Eu a vi hoje à janela, quando baixava a cortina. Até logo, até logo, e que o Senhor a proteja! Até logo, Varvara Alieksiêievna.

Seu amigo desinteressado
Makar Diévuchkin

P. S. Eu, minha querida, é que não vou escrever sátira sobre ninguém agora. Estou velho e cansado, Varvara Alieksiêievna, minha filha, para ficar mostrando os dentes à toa! Também haveriam de rir de mim, como diz o ditado russo: quem, diz ele, a outro a cova cava, é que... vai para lá.

9 DE ABRIL

Prezado senhor
Makar Alieksiêievitch!

Ora, Makar Alieksiêievitch, meu amigo e benfeitor, deveria se envergonhar por se deixar afligir assim e vir com lamúrias. Sentiu-se mesmo ofendido? Ah, sou muitas vezes imprudente, mas não achei que pudesse tomar minhas palavras como uma brincadeira mordaz. Tenha a certeza de que jamais me atreveria a brincar com a sua idade e o seu caráter. Isso tudo aconteceu por causa de minha leviandade e, mais ainda, porque me sinto terrivelmente entediada — o que não faz uma pessoa por tédio? Até achei que o senhor mesmo em sua carta estivesse querendo brincar. Fiquei muito triste quando vi que estava descontente comigo. Não, meu bom amigo e benfeitor, estaria enganado se achasse que posso ser insensível e ingrata. Em meu coração, sei dar valor a tudo o que fez por mim, ao defender-me de pessoas más, de suas perseguições e de seu ódio. Hei de pedir eternamente a Deus pelo senhor, e se minhas preces chegarem a Deus e o céu as atender, então o senhor há de ser feliz. Sinto-me bastante adoentada hoje. Tenho febre e calafrios alternadamente. Fiodóra está muito preocupada comigo. É inútil envergonhar-se de vir à nossa casa, Makar Alieksiêievitch. O que têm os outros a ver com isso? É nosso conhecido e pronto!... Até logo, Makar Alieksiêievitch. Não tenho mais nada para escrever agora, e além do mais não consigo: estou muito indisposta. Peço-lhe uma vez mais que não se zangue comigo e tenha a certeza de meu constante respeito e de minha afeição,

com o que, tenho a honra de permanecer sua
mais devotada e submissa criada
Varvara Dobrosiólova

12 DE ABRIL

Minha estimada senhora
Varvara Alieksiêievna!

Ah, minha filha, o que se passa? Pois toda vez me deixa tão assustado. Em cada carta lhe escrevo para se cuidar, para se agasalhar, para não sair com mau tempo, para que seja prudente em tudo — mas de que adianta, se não me dá ouvidos, meu anjinho. Ah, minha pombinha, parece mesmo uma criança! E é tão fragilzinha, frágil como uma palha, bem o sei. À mais leve brisa já fica doente. Então precisa se precaver, se cuidar, evitar os perigos e não deixar seus amigos preocupados e tristes.

Exprime o desejo, minha filha, de saber em pormenores sobre minha vidinha e sobre tudo o que me rodeia. É com alegria que me apresso a cumprir seu desejo, minha querida. Começarei do princípio, minha filha: para que haja mais ordem. Em primeiro lugar, em nosso prédio, na entrada da frente, as escadas são bem passáveis; sobretudo a da entrada principal — é limpa, iluminada, ampla, toda em ferro fundido e mogno. Em compensação, nem pergunte pela dos fundos: é em espiral, úmida, suja, está com os degraus estragados, e as paredes estão tão ensebadas que a mão da gente gruda quando nos apoiamos nela. Em cada patamar há arcas, cadeiras e armários quebrados, trapos pendurados, janelas com vidros quebrados; há tinas com todo tipo de imundície, com sujeira, lixo, cascas de ovos, bexigas de peixes; um mau-cheiro... resumindo, bom não é.

Já lhe descrevi a disposição dos quartos; não há o que dizer, é verdade que é cômoda, mas dentro deles é meio abafado, isto é, não que cheirem mal, mas é como se fosse um ar, se é que posso me exprimir assim, meio podre, penetrante e adocicado. A primeira impressão é desfavorável, mas isso não quer dizer nada, basta ficar uns dois minutos dentro de casa que passa, e a gente nem percebe que passa completamente, porque parece que a gente mesmo fica cheirando mal, a roupa fica com cheiro, as mãos ficam com cheiro, tudo fica com cheiro — e a gente se acostuma. Até os tentilhões, aqui em casa, morrem. O marinheiro, já é o quinto que compra — não resistem ao nosso ar, e não tem jeito. Nossa cozinha é grande, espaçosa e clara. É verdade que pela manhã fica um pouco enfumaçada, quando fritam peixe ou carne, além do que entornam e derramam coisas por todo lado, em compensação à tarde é um paraíso. Nos varais da nossa cozinha tem sempre roupas brancas velhas estendidas; e como meu quarto não fica longe, ou seja, é praticamente pegado à cozinha,

Gente pobre

o cheiro da roupa me incomoda um pouco, mas não tem nada, com o passar do tempo a gente se acostuma.

Logo de manhã cedo, Várienka, começa o rebuliço, é gente que levanta, que anda, bate a porta — todos se levantam, uns porque precisam, para ir ao trabalho, ou então por conta própria; começam todos a tomar o chá. Os samovares são da senhoria, a maior parte, e são poucos, de modo que nos mantemos todos em fila; e se alguém fica fora da fila com sua chaleira, na mesma hora leva um banho na cabeça. Foi o que me aconteceu na primeira vez, e... aliás, sobre isso há muito o que escrever! Foi aí que fiquei conhecendo a todos. O primeiro que conheci foi o aspirante a marinheiro, uma pessoa sincera, contou-me toda a sua história: sobre seu paizinho, sobre sua mãezinha, sua irmãzinha, casada com um assessor de Tula, e sobre a cidade de Krónschtadt.[8] Prometeu-me que seria meu protetor em tudo e na mesma hora me convidou para um chá em seu quarto. Fui procurá-lo naquele mesmo quarto em que costumam jogar cartas. Ali me ofereceram chá e queriam de todo modo que eu jogasse com eles um jogo de azar. Se estavam rindo de mim ou não, não sei; mas eles mesmos passaram a noite toda jogando, e quando entrei também já estavam jogando. Havia giz, cartas e tanta fumaça no quarto todo, que comia o olho da gente. No jogo não entrei, e na hora me fizeram uma observação de que gosto é de filosofar. Depois ninguém mais sequer falou comigo durante o tempo todo; e eu, para dizer a verdade, fiquei contente com isso. Já não vou lá; é só azar, puro azar! No quarto do funcionário da área de literatura também costumam haver reuniões à noite. Mas lá é tudo mais agradável, modesto, inocente e delicado; tudo com um ar de refinamento.

---

[8] Cidade portuária, situada a cerca de 40 km de Petersburgo, fundada por Pedro I em 1703 como fortaleza para a defesa da capital russa a partir do mar. (N. da T.)

E digo-lhe ainda, de passagem, Várienka, que nossa senhoria é uma mulher repugnante, e, além disso, uma verdadeira bruxa. Vocês viram a Teresa. Pois bem, o que ela é, na verdade? Magra como um frango mirrado e depenado. Os serviçais da casa são ao todo dois: Teresa e Faldoni,[9] criado da senhoria. Não sei, talvez até tenha um outro nome, só que ele atende também por este; é assim que todos o chamam. Ele é ruivo, um tipo finlandês, zarolho, de nariz arrebitado, um grosseirão: vive insultando a Teresa, só falta se atracarem. De um modo geral, não posso dizer que viver aqui seja uma maravilha... Se ao menos todos fossem para a cama e dormissem à noite — mas isso nunca acontece. Há sempre os que se sentam em algum lugar para jogar, e às vezes fazem cada coisa, que dá vergonha de contar. Agora, de qualquer maneira, já até me acostumei, mas me espanta que pessoas com família possam viver numa Sodoma dessas. Há uma família inteira de indigentes que aluga um quarto da nossa senhoria, só que não junto dos outros quartos, mas do outro lado, num canto separado. Que gente pacífica! Da parte deles não se ouve nada. Vivem num quartinho que dividem com tabique. Ele é um funcionário desempregado, há uns sete anos foi afastado do trabalho por algum motivo. Seu sobrenome é Gorchkov; é um homem baixinho e bem grisalho; anda com uma roupa tão surrada e ensebada que dá pena de ver; muito pior que a minha! É de dar lástima, e tão enfermiço (encontramo-nos às vezes no corredor); tremem-lhe os joelhos, tremem-lhe as mãos, a cabeça treme, se de alguma doença ou do quê, só Deus sabe. É acanhado, tem medo de todo mundo, anda como que se ocultando; às vezes também sou tímido, mas este é ainda pior. Sua família consiste em sua mulher e três filhos. O mais velho, um menino, é ver o pai, também é mirrado como ele. A mulher já foi bem bonita, e ainda se no-

---

[9] Personagens do romance sentimental *Lettres de deux amants habitants de Lyon*, do escritor N. G. Léonard (1744-1793). (N. da T.)

ta; coitada, anda nuns trajes tão deploráveis. Ouvi dizer que estão devendo para a senhoria; ela com eles não é lá muito carinhosa. Ouvi dizer também que o próprio Gorchkov teve umas contrariedades, pelas quais foi afastado do emprego... ele tem um processo judicial ou está sendo processado, alguma coisa do gênero, ou então está sob investigação, algo assim — a verdade mesmo não sei lhe dizer. Senhor, meu Deus, como são pobres! No quarto deles é sempre um silêncio, um sossego, como se não vivesse ninguém ali. Não se ouve nem as crianças. As crianças nunca foram vistas brincando e se divertindo, e isto já é um mau sinal. Aconteceu-me uma vez de passar diante da porta deles à noite; nessa hora, a casa estava toda em silêncio, o que não é habitual; ouço soluços, depois sussurros, depois soluços de novo, como se alguém estivesse chorando, e tão baixinho, de modo tão lastimável, que me partiu o coração, e depois passei a noite toda sem conseguir parar de pensar nessas pobres criaturas, de modo que me foi difícil pegar no sono.

Bem, até logo, Várienka, minha inestimável amiguinha! Descrevi-lhe tudo o melhor que pude. Hoje, não parei de pensar em você o dia todo. Sinto o coração apertado por sua causa, minha querida. Pois bem sei, alminha, que não tem um casaco quente. Estou farto dessas primaveras peterburguesas, do vento, das chuvinhas misturadas com neve — isso é a morte para mim, Várienka! As mudanças de temperatura são tão bruscas que valha-nos Deus! Não repare na escrita, alminha; não tenho estilo, Várienka, não tenho nenhum estilo. Se tivesse ao menos um pouco! Escrevo o que me vem à mente, apenas para distraí-la com alguma coisa. Pois se tivesse estudado um pouco que fosse, a coisa seria diferente; mas com o que havia eu de estudar? nem que fosse um estudo de meia pataca.

Seu eterno e fiel amigo
Makar Diévuchkin

25 DE ABRIL

Prezado senhor
Makar Alieksiêievitch!

Hoje encontrei minha prima Sacha! Que horror! Também acabará se perdendo, coitada! Ouvi dizer ainda, por vias indiretas, que Anna Fiódorovna está tratando de averiguar tudo a meu respeito. Pelo visto, ela nunca deixará de me perseguir. Diz que quer *me perdoar*,[10] esquecer todo o passado e que ela mesma virá sem falta fazer-me uma visita. Diz que o senhor não é absolutamente meu parente, que minha parente mais próxima é ela, que o senhor não tem nenhum direito de se intrometer em nossas relações familiares e que é uma vergonha e uma indecência para mim viver de sua caridade e ser sustentada pelo senhor... diz que me esqueci de seu pão e de seu sal, que ela, provavelmente, livrou a mim e à mãezinha de morrermos de fome, que nos deu de comer e por mais de dois anos e meio gastou dinheiro conosco, e que, acima disso tudo, nos perdoou a dívida. Não poupou nem mesmo a mãezinha! Se a pobre mãezinha soubesse o que fizeram comigo! Deus é testemunha!... Anna Fiódorovna diz que eu, por minha própria estupidez, não soube agarrar a felicidade, que ela mesma me conduzira à felicidade, que de resto não tem culpa de nada, e que eu própria não soube defender minha honra, e talvez nem quisesse. E quem então é o culpado disso, Deus do céu?! Diz que o senhor Bíkov estava inteiramente em seu direito e que não podia mesmo se casar com qualquer uma que... mas para que escrever sobre isso?! É cruel ouvir uma mentira dessas, Makar Alieksiêievitch! Não sei o que se passa comigo agora. Tremo, choro, soluço; levei duas horas para lhe escrever esta carta. Achei que ela fosse ao menos reconhecer sua culpa para comigo;

[10] Em destaque no original. (N. da T.)

Gente pobre 29

mas eis que agora me vem com isso! Pelo amor de Deus, não se aflija, meu amigo, meu único benfeitor! Fiódora exagera tudo: não estou doente. Apenas apanhei um leve resfriado ontem, quando fui ao cemitério de Vólkovo assistir à missa pela alma da mãezinha. Por que não foi comigo? eu lhe pedi tanto. Ah, mãezinha, minha pobre mãezinha, se você pudesse se levantar do caixão, se soubesse, se visse o que fizeram comigo!...

V. D.

20 DE MAIO

Várienka, minha pombinha!

Mando-lhe um pouco de uvas, alminha; dizem que é bom para a convalescença, e além disso o doutor as recomenda para matar a sede, então são apenas para a sede mesmo. Queria um ramo de rosinhas, minha filha; pois estou lhe enviando um. Está com apetite, alminha? — isso é o mais importante. Aliás, graças a Deus que tudo passou e acabou e que nosso infortúnio também está chegando ao fim. Temos de dar graças aos céus! E, no que diz respeito aos livros, até agora não pude consegui-los em lugar nenhum. Dizem que há aqui um livro bom e escrito num estilo bastante elevado; dizem que é bom, eu mesmo não o li, mas aqui o elogiam muito. Eu o pedi para mim, prometeram encaminhá-lo. A questão é se vai mesmo lê-lo. Tenho cá para mim que a esse respeito é uma pessoa caprichosa; é difícil satisfazer seu gosto, já a conheço, minha pombinha; com certeza, só quer saber de coisas poéticas, de suspiros, de amores — está bem, arranjarei versos também, arranjarei de tudo; há lá um caderninho copiado.

Fiódor Dostoiévski

Quanto a mim, estou bem. Por isso, minha filha, não se preocupe comigo, por favor. Quanto ao que Fiódora foi lhe contar sobre mim, isso tudo não passa de uma tolice; diga-lhe que ela mentiu, diga-lhe isso sem falta, a essa mexeriqueira!... Não vendi meu uniforme novo coisa nenhuma. E por quê, julgue por si mesma, por que havia de vendê-lo? Pois dizem que vai sair para mim uma gratificação de quarenta rublos de prata, então por que havia de vendê-lo? Não se preocupe, minha filha; ela é desconfiada, essa Fiódora, é muito desconfiada. Vamos começar uma vida nova, minha pombinha! Só é preciso, anjinho, que fique boa, pelo amor de Deus, fique boa, não deixe esse velho amargurado. Quem foi que lhe disse que emagreci? É uma calúnia, outra calúnia! Estou com saúde e engordei tanto que chego a me envergonhar, estou saciado e satisfeito; só falta que fique boa! Bem, até logo, meu anjinho, beijo-lhe todos os dedinhos e continuo

seu eterno e constante
Makar Diévuchkin

P. S. Ah, alminha, por que tornou a escrever isso?... que extravagância é essa sua! e como poderia eu visitá-la com tanta frequência, minha filha, como? eu lhe pergunto. Só se for aproveitando a escuridão da noite; e, além disso, noite mesmo agora já quase nem há, nessa época do ano.[11] Ainda assim, minha filha, anjinho, quase não a deixei durante todo o tempo em que esteve doente, o tempo em que esteve inconsciente; e ainda agora nem eu mesmo sei como consegui fazer todas essas coisas; e é verdade também que depois parei de ir; já que as pessoas começaram a mostrar curiosidade e a especular. Mesmo sem isso já estão urdindo certos mexericos. Confio na Teresa; ela não é tagarela; mas, ainda assim, julgue

[11] Fim de maio, em Petersburgo, é a época das noites brancas. (N. da T.)

por si mesma, minha filha, o que vai ser quando souberem de tudo sobre nós. O que vão pensar e o que vão dizer então? Por isso, minha filha, fortaleça o seu coraçãozinho e espere um pouco até ficar boa; depois daremos um jeito de nos encontrarmos em algum lugar, fora de casa.

1º DE JUNHO

Amabilíssimo Makar Alieksiêievitch!

Queria tanto fazer alguma coisa para lhe agradar e lhe dar prazer, por toda a sua dedicação, por todo o amor e pelos sacrifícios que faz por mim, que por tédio me decidi afinal a remexer em minha cômoda e procurar meu caderno, que lhe envio agora. Comecei a escrevê-lo num período ainda feliz de minha vida. Tantas vezes indagou com interesse sobre a minha vidinha de antes, sobre a mãezinha, sobre o Pokróvski, sobre minha estadia na casa de Anna Fiódorovna e, por fim, sobre minhas recentes desditas, exprimindo com tanta ansiedade seu desejo de ler este caderno, onde, sabe Deus por quê, inventei de anotar certos momentos de minha vida, que não tenho dúvida de que lhe proporcionarei grande prazer enviando-o ao senhor. Senti-me meio triste ao reler isto. Tenho a impressão de ter ficado duas vezes mais velha desde que escrevi a última linha destas anotações. Isso tudo foi escrito em diferentes períodos. Até logo, Makar Alieksiêievitch! Tenho sentido um tédio terrível e muitas vezes sofro de insônia. Que convalescença mais enfadonha!

V. D.

I

Tinha apenas catorze anos quando o paizinho morreu. Minha infância foi a época mais feliz da minha vida. Não foi aqui que ela teve início, mas num lugar bem distante, numa província, num cafundó. O paizinho era administrador de uma enorme propriedade do príncipe P-i, na província de T. Morávamos numa das aldeias do príncipe e levávamos uma vida tranquila, isolada e feliz... De pequena eu era tão travessa; não fazia outra coisa, às vezes, senão correr pelos campos, pelos bosques, pelo jardim, e ninguém sequer se preocupava comigo. O paizinho estava sempre ocupado com o seu trabalho, a mãezinha se dedicava à lida da casa; não me ensinavam nada, e eu estava contente com isso. Por vezes, logo de manhã bem cedo, corro para o lago ou para o bosque, ou então para o prado ou ao encontro dos ceifeiros — e pouco me importa se o sol está escaldante ou se me afasto muito do povoado sem saber onde estou, se me encho de arranhões nos arbustos, se rasgo a roupa — e depois em casa ralhem comigo, pois pouco me importa.

E acho que teria sido muito feliz se me tivesse tocado morar no mesmo lugar, sem ter de sair do campo, ainda que por toda a minha vida. Entretanto, ainda criança fui obrigada a deixar meus lugares queridos. Tinha apenas doze anos ainda quando nos mudamos para Petersburgo. Ah, com que tristeza me lembro de nossos melancólicos preparativos! Como chorei ao me despedir de tudo o que me era tão caro. Lembro-me de que me atirei ao pescoço do paizinho e, com lágrimas nos olhos, lhe implorei para ficarmos ainda que um pouquinho mais no campo. O paizinho se pôs a gritar comigo, a mãezinha chorava; dizia que era preciso, que os negócios o exigiam. O velho príncipe P-i havia falecido. Os herdeiros demitiram o paizinho do serviço. O paizinho tinha algum dinheiro investido em mãos de particulares em Petersburgo. Na esperança de endireitar sua situação, ele achou que sua presença aqui era imprescindível. Tudo isso eu soube depois pela mãezinha. Aqui nos instalamos no Lado Petersburgo[12] e ficamos morando no mesmo lugar até o falecimento do paizinho.

Como foi difícil habituar-me à nova vida! Chegamos a Petersburgo no outono. Quando deixamos o campo, o dia estava tão claro, quente, brilhante; a lida na roça estava chegando ao fim; as medas enormes de cereais já estavam amontoadas nas eiras cobertas e bandos estridentes de pássaros iam se aglomerando; estava tudo tão claro e alegre, enquanto aqui, à nossa entrada na cidade, nos deparamos com chuva, lama, com a escarcha podre do outono, o mau tempo e uma multidão de rostos novos, desconhecidos, todos hostis, aborrecidos, zangados! Instalamo-nos como foi possível. Lembro-me de que estavam todos tão azafamados, o tempo todo preocupados com a arrumação da nova casa. O paizinho não parava em casa nunca, a mãezinha não tinha um minuto de sossego — esqueceram-se completamente de mim. Senti-me triste ao me levantar de manhã após a primeira noite em nossa nova casa. Nossas janelas davam para uma cerca amarela. A rua estava sempre enlameada. Os transeuntes eram raros, e todos muito agasalhados, todos sentiam muito frio.

E em nossa casa reinavam o tédio e um aborrecimento terrível por dias inteiros. Quase não tínhamos parentes e conhecidos próximos. Com Anna Fiódorovna o paizinho não se dava. (Ele tinha uma dívida com ela.) Vinham pessoas à nossa casa, a negócios, com bastante frequência. Geralmente discutiam, faziam barulho, gritavam. Após cada visita o paizinho ficava tão descontente e zangado; às vezes passava horas a fio andando de um canto para outro, carrancudo, sem abrir a boca para falar com ninguém. Nessas horas a mãezinha nem se atrevia a falar com ele e ficava calada. Eu me sentava em algum cantinho com um livro — quieta, em silêncio, sem ousar me mexer.

---

[12] Um subúrbio de São Petersburgo. (N. da T.)

Passados três meses desde nossa chegada a Petersburgo, mandaram-me para um internato. No início, que tristeza sentia no meio de gente estranha! Era tudo tão frio e hostil — as preceptoras eram tão gritonas, as meninas tão zombeteiras, e eu tão arisca. Tudo rigoroso! Tinha hora marcada para tudo, a mesa era coletiva, e os professores, enfadonhos — no início, isso tudo foi um tormento para mim, uma tortura. Nem dormir conseguia lá. Por vezes passo a noite inteira chorando, uma noite interminável, enfadonha e fria. À tarde todas costumam estudar ou repassar as lições; eu me sento sozinha com minhas conversações e os vocabulários em francês, sem ousar me mexer, mas não paro de pensar no nosso canto familiar, no paizinho, na mãezinha, na minha velha ama, nas suas histórias... ah, me invade uma tristeza! Fico me lembrando com tanto prazer até das coisinhas mais insignificantes de casa. Fico pensando, pensando: que bom seria estar em casa agora! Estaria sentada na nossa pequena sala, ao lado do samovar, todos nós juntos; seria tudo tão bom, acolhedor e familiar. Com que força, com que ardor, penso, havia agora de abraçar a mãezinha! Fico pensando, pensando tanto, que começo a chorar baixinho de saudade, reprimindo as lágrimas no peito, e o vocabulário não me entra na cabeça. Como não aprendo a lição para o dia seguinte, sonho a noite inteira com a professora, com a *madame*, com as meninas; durante a noite toda repito as lições em sonho, mas no dia seguinte não sei nada. Põem-me de joelhos e me dão apenas um prato à refeição. Eu vivia tão triste e chateada. No início todas as meninas zombavam de mim, me provocavam, faziam com que me confundisse quando ia responder às questões da lição, me beliscavam quando íamos em fila almoçar ou tomar chá, queixavam-se de mim à preceptora sem nenhuma razão. Em compensação, que paraíso era quando minha ama vinha às vezes me buscar aos sábados à tarde. Como abraço então a minha velhinha, esfuziante de alegria! Ela se põe a me vestir, a me agasalhar, mas no caminho mal consegue me acompanhar, não paro de tagarelar e de lhe contar coisas. Chego em casa alegre, contente, abraço a todos com força, como que após dez anos de separação. Começam as explicações, as conversas, as histórias, cumprimento a todos, rio, dou gargalhadas, corro, pulo. Com o paizinho as conversas se tornam sérias, sobre ciências, os professores, a língua francesa, a gramática de Lhomond[13] — e ficamos todos tão contentes e satisfeitos. Ainda hoje, a simples recordação desses momentos me deixa feliz. Fazia todo o esforço possível para estudar e contentar o paizinho. Via que sacrificava seus últimos recursos comigo, quando sabe Deus o que ele próprio fazia para se virar. A cada dia se tornava mais e mais soturno, insatisfeito e zangado; ficou com um temperamento terrível: os negócios não iam bem e tinha um monte de dívidas. A mãezinha às vezes tinha medo até de chorar, tinha medo de pronunciar uma simples palavra e deixar o paizinho zangado; ela acabou ficando doente; foi emagrecendo, emagrecendo, e começou a ficar com uma tosse feia. Às vezes venho do internato e só encontro rostos tão tristes; a mãezinha chorando em silêncio e o paizinho irritado. Começariam as reprimendas e recriminações. O paizinho se poria a dizer que não lhe proporciono nenhuma alegria, nenhum consolo; que por minha causa eles se privam dos últimos recursos e eu até agora não falo francês; em suma, descarregava todos os seus fracassos, todas as suas desditas, tudo, sempre em cima de mim e da mãezinha. Mas como era possível martirizar assim minha pobre mãezinha? Às vezes, quando olhava para ela, me partia o coração: estava com as faces cavadas, os olhos caídos e uma cor tísica no rosto. Sempre sobrava mais para mim do que para todos. Tudo começava sempre por alguma ninharia, mas, depois, só Deus sabe a que ponto chegava; muitas vezes eu nem entendia do que se tratava. Tinha de pagar por tudo!... Uma hora

[13] Charles François Lhomond (1727-1794): humanista, pedagogo e gramático francês. (N. da T.)

é a língua francesa, outra hora é porque eu sou uma completa imbecil, ou então é a inspetora do nosso internato que é uma mulher estúpida e negligente; que não se preocupa com nossa moral; que o paizinho até agora não conseguiu encontrar para si um trabalho, e que a gramática de Lhomond não vale nada, enquanto a de Zapolski é muito melhor; que estavam jogando tanto dinheiro fora comigo a troco de nada; que eu, pelo visto, era insensível, de pedra — resumindo, pobre de mim, que me esforçava tanto para decorar os diálogos e o vocabulário, mas levava a culpa de tudo, era responsável por tudo! E, isso, não porque o paizinho não gostasse de mim, absolutamente: por mim e pela mãezinha ele daria a vida. Mas, o que fazer?, era o seu temperamento.

As preocupações, os desgostos e a falta de sorte levaram o pobre paizinho ao limite do esgotamento: tornou-se desconfiado e bilioso; muitas vezes ficava à beira do desespero, começou a descuidar da saúde, apanhou um resfriado e, de repente, adoeceu, seu sofrimento não durou muito tempo e faleceu de maneira tão repentina, tão súbita, que todas nós, por alguns dias, ficamos aturdidas com o choque. A mãezinha estava como que entorpecida; cheguei a temer por seu juízo. Mal o paizinho faleceu, os credores começaram a surgir à nossa porta como se irrompessem em bando da terra. Entregamos até o que não tínhamos. Nossa casinha no Lado Petersburgo, que o paizinho comprara meio ano após nossa mudança para Petersburgo, também foi vendida. Não sei o que foi feito do resto, mas nós mesmas ficamos sem um teto, sem um abrigo, sem ter o que comer. A mãezinha sofria de uma doença que a ia consumindo, não conseguíamos nos sustentar, não tínhamos como nos alimentar, esperava-nos o perecimento. Tinha acabado de fazer catorze anos na época. Foi aí que Anna Fiódorovna veio nos visitar. Ela ficou falando que era proprietária de terras e que tinha um grau de parentesco próximo conosco. A mãezinha também dizia que ela era nossa parente, mas muito distante. Enquanto o paizinho

Gente pobre

era vivo, ela nunca viera nos visitar. Apareceu com lágrimas nos olhos, falando que sentia muito por nós; que se condoía de nossa situação funesta, acrescentou que o paizinho mesmo era o culpado: que ele vivia acima de suas posses, que havia ido muito além do que podia e confiado demais em sua capacidade. Manifestou o desejo de nos conhecer melhor e propôs que esquecêssemos as nossas discórdias; e quando a mãezinha lhe declarou que nunca sentira antipatia por ela, então derramou umas lágrimas, levou a mãezinha à igreja e encomendou uma missa à alma do pombinho (foi assim que se referiu ao paizinho). Depois disso se reconciliou solenemente com a mãezinha.

Após demorados preâmbulos e advertências, pintando com cores fortes nossa situação funesta, a orfandade e o desamparo, Anna Fiódorovna nos convidou, como ela mesma se exprimiu, a nos abrigarmos em sua casa. A mãezinha agradeceu, mas demorou para se decidir; e uma vez que não havia nada a fazer e proceder de outro modo era absolutamente impossível, então acabou por anunciar a Anna Fiódorovna que aceitávamos sua oferta com gratidão. Como me lembro agora da manhã em que nos mudamos do Lado Petersburgo para a Vassílievski Óstrov.[14] Era uma manhã de outono clara, seca e gelada. A mãezinha chorava; eu estava muito triste; uma angústia terrível e indescritível oprimia-me o peito e afligia-me a alma. Foi uma época difícil.

....

....

II

De início, enquanto nós, isto é, a mãezinha e eu, ainda não havíamos nos habituado à nossa nova moradia, sentíamo-nos como que assustadas e aterrorizadas na casa de Anna Fiódorovna. Anna Fiódorovna morava em casa própria, na

---

[14] Ilha de Vassíli, a maior do rio Nievá. (N. da T.)

Sexta Linha.[15] Na casa havia ao todo cinco aposentos. Três deles eram ocupados por Anna Fiódorovna e minha prima Sacha, que era criada por ela — uma criança, orfãzinha de pai e mãe. Depois vinha o nosso quarto, e, por fim, no último quarto, ao lado do nosso, estava instalado um estudante pobre, Pokróvski, pensionista de Anna Fiódorovna. Anna Fiódorovna vivia muito bem, com mais luxo do que se podia supor; mas sua situação financeira era um mistério, assim como as suas ocupações. Andava sempre azafamada, sempre preocupada, saía tanto a pé como de condução várias vezes ao dia, mas o que fazia, com o que se preocupava e por que se preocupava, isso não consegui de maneira alguma adivinhar. Tinha muitos conhecidos e de todo tipo. Chegavam visitas o tempo todo, e só Deus sabe que tipo de gente, sempre por algum negócio e por pouco tempo. A mãezinha sempre me levava para o nosso quarto, por vezes ao simples toque da campainha. Anna Fiódorovna ficava muito zangada com a mãezinha por causa disso e não parava de repetir que éramos orgulhosas demais, e o orgulho não condizia com nossa situação, do que havíamos ainda de nos orgulhar, e não se calava por horas a fio. Eu, na época, não compreendia essas repreensões a respeito do nosso orgulho; até porque só agora soube, ou pelo menos posso adivinhar, por que a mãezinha não se decidia a ir morar na casa de Anna Fiódorovna. Ela era uma mulher má; não parava de nos atormentar. Por que nos convidou para ir morar com ela, para mim, até hoje é um mistério.

No início era bastante carinhosa conosco — só depois, ao perceber que estávamos absolutamente desamparadas e que não tínhamos para onde ir, é que revelou plenamente o seu verdadeiro caráter. Posteriormente se tornou muito carinhosa comigo, carinhosa a um ponto que chegava a ser meio

---

[15] As ruas perpendiculares ao Nievá na Vassílievski Óstrov se chamam Linhas. (N. da T.)

Gente pobre

grosseiro, que beirava a lisonja, mas antes disso também eu tive de me armar de paciência junto com a mãezinha. Censurava-nos a todo instante; não fazia outra coisa senão repetir que estava nos fazendo um favor. Apresentava-nos às pessoas estranhas como suas parentes pobres, uma viúva e uma orfã desamparadas que ela, por caridade, por amor cristão, abrigara em sua casa. À mesa, seguia com os olhos cada porção que pegávamos, e se não comíamos, então a história recomeçava: dizia que desdenhamos; queiram me desculpar, se a comida não é boa o suficiente para satisfazê-las; que na nossa casa devia ser ainda melhor. A todo instante injuriava o paizinho: dizia que queria ser melhor que os outros, mas se deu mal; dizia que atirou a mulher com uma filha ao mundo, e que se não fosse aparecer uma parente caridosa, uma alma cristã e piedosa, então elas, talvez, sabe Deus, acabassem por morrer de fome no meio da rua. De tudo ela falava! Ouvi-la não era mais angustiante do que repugnante. A mãezinha chorava o tempo todo; sua saúde piorava a cada dia, estava visivelmente definhando, entretanto ela e eu trabalhávamos da manhã à noite, arranjamos um trabalho de costura por encomenda, o que não agradava nada a Anna Fiódorovna; a toda hora dizia que a casa dela não era ateliê de moda. Mas tínhamos de nos vestir, tínhamos de poupar para alguma despesa imprevista, tínhamos necessariamente de ter o nosso dinheiro. De todo modo, estávamos amealhando, na esperança de que com o tempo nos fosse possível mudar para algum lugar. Mas a mãezinha perdeu o que lhe restava de saúde no trabalho: foi ficando cada dia mais fraca. A doença, como um verme, roía-lhe visivelmente a vida, deixando-a à beira do caixão. Eu via tudo, sentia tudo e tudo padecia; tudo isso acontecia diante dos meus olhos!

Os dias iam passando, um após o outro, e cada dia era igual ao anterior. Levávamos uma vida silenciosa, como se não vivêssemos na cidade. Anna Fiódorovna aos poucos foi abrandando, à medida que por si mesma foi se dando conta plenamente de seu domínio. Ademais, nunca ninguém havia sequer pensado em contradizê-la. Em nosso quarto, estávamos separadas de sua metade da casa por um corredor, e ao nosso lado, como já mencionei, vivia Pokróvski. Ele dava aulas de francês, alemão, história e geografia para Sacha — de todas as ciências, como dizia Anna Fiódorovna, e em troca recebia dela alojamento e alimentação; Sacha era uma menina muito esperta, ainda que irriquieta e travessa; tinha na época uns treze anos. Anna Fiódorovna observou à mãezinha que não seria mal se eu também começasse a estudar, visto que no internato não chegara a completar os estudos. A mãezinha concordou com prazer e, durante um ano inteiro, tive aulas com Pokróvski junto com Sacha.

Pokróvski era um jovem pobre, muito pobre; sua saúde não lhe permitia assistir regularmente às aulas; de maneira que era meramente por hábito que em casa o chamávamos de estudante. Levava uma vida modesta, pacífica e tranquila, tanto que sequer dava para ouvi-lo do nosso quarto. Tinha uma aparência meio estranha; tinha um modo tão desajeitado de andar, um modo tão esquisito de falar e um modo igualmente desajeitado de cumprimentar as pessoas que, no início, não conseguia sequer olhar para ele sem rir. Sacha vivia lhe pregando peças, sobretudo quando nos dava aulas. E ele, ainda por cima, tinha um temperamento irritadiço, se zangava à toa, por qualquer coisinha ficava fora de si, gritava conosco, fazia queixas de nós e muitas vezes saía furioso para o seu quarto, sem terminar a aula. Em seu quarto mesmo passava dias inteiros debruçado sobre os livros. Ele tinha muitos livros, e só livros raros e bem valiosos. Dava aulas em um outro lugar também e recebia uma remuneração, de maneira que, mal ganhava um dinheirinho, ia na mesma hora comprar livros.

Com o passar do tempo fui conhecendo-o melhor, mais intimamente. Era a mais bondosa, a mais digna, a melhor de todas as pessoas que havia tido a oportunidade de encontrar.

A mãezinha tinha grande respeito por ele. Depois ficou sendo também o meu melhor amigo — depois da mãezinha, claro.

De início eu, já mocinha feita, me juntava à Sacha em suas travessuras, e às vezes passávamos horas a fio quebrando a cabeça para encontrar um meio de irritá-lo e fazê-lo perder a paciência. Seu jeito de ficar bravo era cômico demais, o que para nós era a maior diversão. (Sinto vergonha até de me lembrar disso.) Certa vez o provocamos tanto que esteve a ponto de chorar, e eu o ouvi claramente sussurrar: "Crianças más". Fiquei de repente desconcertada. Comecei a sentir vergonha, amargura e pena dele. Lembro-me de que fiquei vermelha até as orelhas e, quase com lágrimas nos olhos, pus-me a lhe pedir para se acalmar e não se ofender com as nossas brincadeiras estúpidas, mas ele fechou o livro e, sem terminar a aula, foi para o quarto. Passei o dia todo atormentada pelo remorso. A ideia de que nós, umas crianças, com nossa crueldade, o havíamos feito chorar, era-me insuportável. Quer dizer então que estávamos esperando as suas lágrimas. Quer dizer que era o que queríamos; quer dizer que havíamos conseguido esgotar-lhe a paciência; que havíamos levado o infeliz, coitado, a se lembrar à força de sua sorte cruel! O desgosto, a tristeza e o arrependimento não me deixaram dormir a noite inteira. Dizem que o arrependimento alivia a alma — ao contrário. Não sei como foi que o amor-próprio se misturou à minha amargura. Não queria que ele me visse como uma criança. Na época já estava com quinze anos.

Desse dia em diante comecei a torturar minha imaginação, criando mil planos para fazer com que Pokróvski de repente mudasse de opinião a meu respeito. Mas às vezes era tímida e acanhada; e na situação em que me encontrava não conseguia me decidir por nada, limitava-me apenas a sonhar (e Deus sabe que sonhos!). Parei de fazer brincadeiras com Sacha; ele parou de se zangar conosco; mas para o meu amor-próprio isso era pouco.

Agora quero dizer algumas palavras sobre a pessoa mais estranha, mais curiosa e mais patética de todas as que já me aconteceu encontrar. O motivo por que falo dele agora, justamente nesse ponto das minhas anotações, é que até essa época mesmo quase não lhe tinha prestado nenhuma atenção — de forma que tudo o que se referia a Pokróvski de repente adquiriu um interesse especial para mim!

De vez em quando aparecia lá em casa um velho sujo, malvestido, baixinho, de cabelos grisalhos, desajeitado, acanhado, resumindo: estranho como ele só. À primeira vista podia-se pensar que alguma coisa o deixava como que acanhado, como se tivesse vergonha de si próprio. Por isso ficava sempre meio encolhido, fazia uns trejeitos; por suas maneiras e pelos trejeitos podia-se concluir, quase sem medo de errar, que não estava em seu juízo perfeito. Vem às vezes à nossa casa, fica parado à entrada, atrás da porta de vidro, sem se atrever a entrar. Se alguém de nós passa por perto — eu, a Sacha ou algum criado que ele sabia ser mais bondoso com ele —, começa então a acenar no mesmo instante, a chamar a atenção para si, a fazer vários sinais, e apenas quando acenamos para ele com a cabeça, chamando-o — sinal convencionado de que não havia ninguém estranho, de que podia entrar quando quisesse —, só então o velhinho abria a porta devagarinho, sorria satisfeito, esfregava as mãos de contentamento e ia, na pontinha dos pés, direto para o quarto de Pokróvski. Este era o pai dele.

Mais tarde vim a conhecer em detalhes a história deste pobre velho. Houve uma época em que foi funcionário de uma repartição, mas não tinha a menor capacidade e ocupava o pior cargo, o mais rebaixado no serviço. Quando morreu sua primeira mulher (a mãe do estudante Pokróvski), ele inventou de se casar pela segunda vez e se casou com a filha de um comerciante. Com a chegada da nova esposa em casa tudo virou de pernas para o ar; ela não deixava ninguém em paz; tinha a todos nas mãos. O estudante Pokróvski ainda era uma criança de uns dez anos na época. A madrasta tomou ódio por ele. Mas o destino foi favorável ao pequeno Pokróvski. O proprietário de terras Bíkov, que conhecia o funcionário Pokróvski e que já havia sido uma vez seu benfeitor, pegou a criança sob sua proteção e a colocou em uma escola. Interessou-se por ele porque conhecia sua finada mãe, que ainda mocinha havia sido favorecida por Anna Fiódorovna e por ela dada em casamento ao funcionário Pokróvski. O senhor Bíkov, conhecido e amigo íntimo da Anna Fiódorovna, movido pela generosidade, deu à noiva cinco mil rublos de dote. Aonde foi parar esse dinheiro — não se sabe. Foi Anna Fiódorovna que me contou tudo isso; o estudante Pokróvski mesmo nunca gostou de falar dos assuntos de sua família. Dizem que sua mãe era muito bonita, e acho estranho que tenha se casado tão mal, com um homem tão insignificante... Ela morreu bem jovem ainda, uns quatro anos depois do casamento.

Da escola o jovem Pokróvski ingressou num liceu e depois na universidade. Também aí o senhor Bíkov, que vinha com bastante frequência a Petersburgo, não o deixou sem sua proteção. Devido à sua saúde precária, Pokróvski não pôde prosseguir com os estudos na universidade. O senhor Bíkov o apresentou a Anna Fiódorovna, recomendou-o pessoalmente, e desse modo o jovem Pokróvski foi recebido com a condição de, a troco do pão, ensinar a Sacha tudo o que era necessário.

O velho Pokróvski mesmo, amargurado com as crueldades de sua mulher, entregou-se a um vício nefasto, estava quase sempre bêbado. A mulher batia nele, relegou-o a viver na cozinha e o degradou a tal ponto que ele acabou por se acostumar com as surras e os maus-tratos sem se queixar. Ele não era ainda muito velho, mas, devido aos maus hábitos, quase perdeu o juízo. O único indício de sentimento humano nobre que havia nele era seu amor ilimitado pelo filho. Diziam que o jovem Pokróvski se parecia com sua falecida mãe como duas gotas d'água. Não seria a recordação da bondade de sua primeira mulher que gerava no coração desse pobre velho arruinado um amor tão infinito por ele? O velho nem conseguia mais falar de nada, senão do filho, e o visitava regularmente duas vezes por semana. Só não ousava vir com mais frequência porque o jovem Pokróvski não conseguia tolerar as visitas paternas. De todos os seus defeitos, o primeiro e maior, indiscutivelmente, era o desrespeito pelo pai. Também, pudera, o velho às vezes era a criatura mais intolerável do mundo. Em primeiro lugar, era terrivelmente curioso, em segundo lugar, com suas conversas e indagações, as mais triviais e descabidas, ficava a todo instante estorvando os estudos do filho, e, por último, às vezes aparecia em estado de completa embriaguez. Aos poucos o filho foi ensinando o velho a abandonar os vícios, a curiosidade, a tagarelice constante, e finalmente chegou a um ponto em que este o ouvia em tudo, como a um oráculo, e não se atrevia a abrir a boca sem sua permissão.

O pobre velho não cabia em si de contente e não se cansava de admirar seu Piétienka[16] (como ele chamava o filho). Quando vinha visitá-lo, tinha quase sempre um ar preocupado e tímido, certamente por não saber como o filho havia de recebê-lo, geralmente demorava para se decidir a entrar, e se calhava de eu aparecer ali, então passava uns vinte minutos só interrogando — e então, como está o Piétienka? está bem de saúde? está bem-disposto, está ocupado com alguma coisa importante? O que exatamente está fazendo? Está escrevendo ou está ocupado com algum pensamento? Depois que eu o tivesse animado e tranquilizado bastante, então o velho finalmente se decidia a entrar e abria a porta devagarinho, com muito cuidado, enfiava primeiro a cabeça e, se via que o filho não havia se zangado e lhe acenava com a cabeça, então entrava de mansinho no quarto, tirava o capote, o cha-

[16] Diminutivo de Piótr. (N. da T.)

Gente pobre

45

péu, que ele trazia sempre amassado, esburacado, com as abas despregadas — pendurava tudo num gancho, fazia tudo em silêncio, sem nenhum ruído; depois se sentava com cuidado em alguma cadeira e não tirava mais os olhos do filho, seguia cada um de seus movimentos, tentando adivinhar o estado de ânimo de seu Piétienka. Se acontecia de o filho estar levemente indisposto e o velho reparar nisso, então no mesmo instante se levantava do lugar e explicava, dizia: "só entrei por um instante, Piétienka. É que eu andei muito, passei aqui perto e entrei para descansar". E depois, silenciosa e resignadamente, pegava seu capotinho e seu chapeuzinho, tornava a abrir a porta devagarinho e saía, sorrindo a custo, para reprimir na alma a amargura acumulada e não demonstrá-la ao filho.

Mas quando acontecia, às vezes, de o filho receber bem o pai, aí o velho não cabia em si de contente. A satisfação lhe transparecia no rosto, nos gestos e nos movimentos. Se o filho conversava com ele, então, o velho se soerguia um pouco da cadeira e respondia baixinho, quase com reverência e quase sempre se esforçando para empregar as expressões mais refinadas, isto é, as mais cômicas. Mas ele não tinha o dom da palavra: sempre se atrapalhava e ficava com medo, de modo que não sabia onde enfiar as mãos, onde se enfiar, e depois passava ainda um bom tempo sussurrando com seus botões a resposta, como que querendo se corrigir. Mas se conseguia responder bem, então o velho se aprumava, ajeitava o colete, a gravata, a casaca, e assumia um ar de grande dignidade. Às vezes se animava de tal maneira e levava sua ousadia a tal ponto que se levantava da cadeira devagar, ia até a prateleira de livros, pegava um livro qualquer e ali mesmo chegava a ler alguma coisa, fosse de que livro fosse. Fazia tudo isso com um ar de pretensa naturalidade e uma presença de espírito simulada, como se sempre tivesse tido essa capacidade de dispor assim dos livros do filho, como se o carinho do filho fosse uma coisa nada rara para ele. Mas uma vez me aconteceu de ver como o pobrezinho ficou assustado quando Pokróvski lhe pediu para não tocar nos livros. Ele ficou todo atrapalhado e, na afobação, colocou o livro de ponta-cabeça, depois quis se corrigir, voltou e o colocou com a lombada para dentro, sorriu, ficou vermelho, sem saber como reparar seu crime. Com seus conselhos, Pokróvski foi aos poucos ensinando o velho a abandonar os maus costumes, e, ao vê-lo sóbrio umas três vezes seguidas, então na visita seguinte, na hora da despedida, dava-lhe uma moeda de vinte e cinco copeques, de cinquenta, ou mais. Comprava-lhe às vezes um par de botas, uma gravata ou um coletinho. Em compensação, com a roupa nova, o velho ficava orgulhoso como um galo. Às vezes dava uma passada em nosso quarto. Para mim e Sacha, trazia galinhos de pão de mel, maçãs, e conversava conosco sobre Piétienka. Pedia-nos para estudar com atenção, para sermos obedientes, falava que Piétienka era um bom filho, um filho exemplar e, além do mais, um filho culto. Nessa hora ele costumava piscar para nós o olho esquerdo de um jeito tão cômico e fazer umas caretas tão engraçadas, que não conseguíamos conter o riso e caíamos na gargalhada, com toda a sinceridade. A mãezinha gostava muito dele. Mas o velho odiava Anna Fiódorovna, ainda que diante dela ficasse mais quieto que a água e menor que a grama.

Logo deixei de ter aulas com Pokróvski. Ele continuava a me ver como uma criança, uma menininha travessa, tal como a Sacha. Isso me magoava muito, porque estava fazendo um grande esforço para reparar meu comportamento anterior. Mas ele não me notava. Isso me irritava cada vez mais. Quase nunca falava com Pokróvski fora das aulas, mas, também, nem era capaz de falar. Ficava corada, me atrapalhava toda e depois ia chorar de desgosto em algum cantinho.

Não sei como isso tudo teria terminado se uma estranha circunstância não tivesse contribuído para a nossa aproximação. Numa noite em que a mãezinha estava conversando com Anna Fiódorovna, entrei sorrateiramente no quarto de Pokróvski. Sabia que ele não estava em casa e, sinceramente, não sei de onde tirei a ideia de entrar em seu quarto. Até o momento nunca havia dado sequer uma espiada nele, embora vivêssemos lado a lado havia já mais de um ano. Dessa vez meu coração batia com tanta força, mas com tanta força, como se quisesse saltar do peito. Olhei em redor com uma curiosidade particular. O quarto de Pokróvski estava arrumado de maneira bem pobre; com muito pouca ordem. Tinha cinco prateleiras compridas de livros pregadas nas paredes. Em cima da mesa e das cadeiras havia papéis. Livros e papéis! Ocorreu-me um pensamento estranho e, ao mesmo tempo, um sentimento desagradável de despeito se apoderou de mim. Pareceu-me que minha amizade e meu coração amoroso eram muito pouco para ele. Ele era culto, enquanto eu era uma estúpida que não sabia nada, não havia lido nada, um livro sequer... Olhei então com inveja para as prateleiras compridas, abarrotadas de livros. Um despeito, uma angústia e uma espécie de raiva tomaram conta de mim. Desejei, e ali mesmo tomei a decisão de ler os seus livros, todos, do primeiro ao último, e o mais rápido possível. Não sei, pensava, pode ser que, depois de aprender tudo o que ele sabe, serei mais digna de sua amizade. Corri à primeira prateleira; sem pensar, sem hesitar, peguei o primeiro volume, velho e empoeirado, que me caiu às mãos e, enrubescendo, empalidecendo, tremendo de medo e de emoção, levei para o meu quarto o livro furtado, decidida a lê-lo durante a noite, à luz do candeeiro de cabeceira, quando a mãezinha adormecesse.

Mas qual não foi a minha decepção quando, ao chegar ao nosso quarto, abri depressa o livro e vi que era uma obra em latim, velha, meio deteriorada, toda carcomida por traças. Sem perder tempo, voltei. E quando já estava para recolocar o livro na prateleira, ouvi barulho no corredor e uns passos que se aproximavam. Comecei a me apressar e a agir com rapidez, mas aquele livro intragável havia sido colocado tão espremido numa fileira que, quando o tirei, todos os outros

Fiódor Dostoiévski

se espalharam por si mesmos e se juntaram de tal maneira que agora não havia mais sobrado lugar para o antigo companheiro deles. Faltava-me força para enfiar o livro. Entretanto, empurrei os livros o mais que pude. O prego enferrujado que sustentava a prateleira e que parecia estar de propósito esperando justamente esse momento para quebrar — quebrou. Uma ponta da prateleira veio abaixo. Os livros se espalharam pelo chão, fazendo um grande ruído. A porta se abriu e Pokróvski entrou no quarto.

Devo observar que ele não podia suportar quando alguém metia o nariz em seus domínios. Coitado daquele que tocasse em seus livros! Imagine só o pavor que senti quando os livros, grandes, pequenos, de todos os formatos possíveis, de todos os tamanhos e espessuras possíveis, começaram a se precipitar da estante e a voar e saltar para debaixo da mesa, das cadeiras, pelo quarto todo. Minha vontade era fugir, mas era tarde. "É o fim, penso, é o fim. Estou perdida, não tenho saída! Fico fazendo estrepolias e travessuras como uma menininha de dez anos; sou uma meninota estúpida! Sou uma grande imbecil!!" Pokróvski ficou terrivelmente zangado. "Muito bem, era só o que faltava! — começou a gritar — Não tem vergonha de se comportar assim!... Será que nunca vai tomar juízo?" E ele mesmo pôs-se a pegar os livros. Ia me inclinando para ajudá-lo. "Não é preciso, não é preciso — gritou ele. — Faria melhor se não viesse aqui, onde não é chamada." Mas, de resto, um pouco amolecido por minha atitude submissa, continuou já num tom mais baixo, e odioso, de orientação, aproveitando-se de seu direito ainda recente de professor: "Será que nunca vai tomar juízo, nunca vai cair em si? Pois olhe para si mesma, já não é mais uma criança, não é nenhuma garotinha, pois já está com quinze anos!". E nessa hora, querendo provavelmente se certificar de que era mesmo verdade que eu já não era uma criança, lançou-me um olhar e enrubesceu até as orelhas. Eu não entendia; continuei diante dele, olhando-o atônita, com os olhos bem aber-

Gente pobre

tos. Ele se levantou, se aproximou de mim com um ar desconcertado, terrivelmente perturbado, e começou a dizer algo, parece que se desculpava por alguma coisa, talvez por apenas então ter percebido que eu era uma moça feita. Finalmente entendi. Não lembro o que deu em mim na hora; fiquei perturbada, embaraçada e, ainda mais enrubescida que Pokróvski, tapei os olhos com as mãos e fugi do quarto.

Não sabia o que me restava fazer, onde me meter de vergonha. O fato é que me havia pego em seu quarto! Por três dias inteiros não fui capaz de olhar para ele. Ruborizava até às lágrimas. Os mais estranhos pensamentos, uns pensamentos ridículos, não me saíam da cabeça. Um deles, o mais extravagante, é que queria ir até o seu quarto e explicar-me com ele, confessar-lhe tudo, contar-lhe tudo com franqueza, e assegurar-lhe de que havia procedido não como uma menininha estúpida, mas com a melhor das intenções. Já estava completamente decidida a ir, mas graças a Deus faltou-me coragem. Fico imaginando o que eu ia fazer! Ainda hoje sinto vergonha só de me lembrar disso tudo.

Alguns dias depois a mãezinha de súbito ficou gravemente doente. Havia já dois dias que não se levantava da cama e na terceira noite estava febril e delirando. Já havia passado uma noite sem dormir, cuidando da mãezinha, sentada à cabeceira de sua cama para lhe dar de beber e os remédios na hora marcada. Na segunda noite, estava completamente exausta. De vez em quando o sono se apoderava de mim, os olhos iam-se-me turvando, a cabeça começava a girar, estava prestes a cair de cansaço a qualquer momento, mas os fracos gemidos de minha mãe me despertavam, eu me sobressaltava, despertava por um instante e, em seguida, tornava a ser vencida pela sonolência. Eu me atormentava. Não sei — não consigo me recordar —, mas um sonho terrível, uma visão pavorosa tomou conta de minha mente transtornada no momento extenuante da luta do sono com a vigília. Despertei apavorada. No quarto estava escuro, a lamparina estava se apagando e faixas de luz ora inundavam, de repente, todo o quarto, ora tremeluziam na parede, ora se extinguiam por completo. Por alguma razão, comecei a sentir medo, sentia-me tomada por uma espécie de pavor; minha imaginação estava abalada pelo sonho terrível; a angústia oprimia-me o peito... Levantei-me da cadeira de um salto e sem querer dei um grito, levada por um sentimento torturante e terrivelmente penoso. Nessa hora a porta se abriu e Pokróvski entrou no nosso quarto.

Só lembro que voltei a mim em seus braços. Ele me sentou com cuidado na poltrona, deu-me um copo d'água e crivou-me de perguntas. Não me lembro do que lhe respondia. "Está doente, você mesma está muito doente — disse-me ele, pegando minha mão —, está com febre, está se acabando, não está poupando a própria saúde; acalme-se, deite-se e durma. Eu a acordo daqui a duas horas, acalme-se um pouco... Deite-se, então, deite-se" — continuou ele, sem me deixar pronunciar uma palavra sequer em objeção. O cansaço havia me tirado as últimas forças. Meus olhos iam se fechando de fraqueza. Recostei-me na poltrona com a intenção de dormir não mais que meia hora. Pokróvski acordou-me apenas quando chegou a hora de dar o remédio à mãezinha.

Na noite seguinte, por volta de onze horas, quando, depois de ter descansado um pouco durante o dia, me preparava para tornar a me sentar na poltrona junto à cabeceira da cama da mãezinha, com a firme intenção de, dessa vez, não adormecer, Pokróvski bateu à porta de nosso quarto. Abri. "É cansativo ficar sozinha — disse-me ele —, trouxe-lhe este livro, pegue-o; assim não se sentirá tão cansada." Eu o peguei; não lembro que livro era; é pouco provável que tenha chegado a abri-lo então, embora não tenha dormido a noite toda. Uma estranha agitação interior não me deixava dormir; não conseguia permanecer no mesmo lugar; muitas vezes me levantava da poltrona e começava a andar pelo quarto. Uma espécie de satisfação interior transbordava de todo o meu ser.

Gente pobre

Estava tão contente com a atenção de Pokróvski! Orgulhava-me da sua preocupação e dos seus cuidados para comigo. Passei a noite inteira pensando e sonhando. Pokróvski não tornou a aparecer; e eu sabia que ele não viria e fazia previsões para a próxima noite.

Na noite seguinte, quando todos em casa já haviam se deitado, Pokróvski abriu a porta de seu quarto e, da soleira, começou a conversar comigo. Não me lembro agora de uma só palavra do que dissemos um ao outro; lembro-me apenas de que me senti acanhada, embaraçada, aborrecida comigo mesma, e de que esperava com impaciência o fim da conversa, embora eu própria a tivesse desejado com todas as minhas forças, tivesse sonhado com ela o dia todo e preparado minhas perguntas e respostas... Desde essa noite começou a nascer a nossa amizade. Durante o período da doença da mãezinha, todas as noites passávamos algumas horas juntos. Aos poucos fui vencendo a minha timidez, se bem que após cada conversa nossa sempre achava alguma coisa ainda para me decepcionar comigo mesma. Entretanto, era com uma alegria secreta e uma satisfação orgulhosa que percebia que, por minha causa, ele se esquecia dos seus livros intragáveis. Certa vez, por acaso, por brincadeira, a conversa recaiu sobre a queda deles da prateleira. Foi um momento estranho, acho que fui franca e sincera *demais*; sentia-me arrebatada por um ardor, por uma exaltação estranha, e confessei-lhe tudo... que eu queria estudar, saber algo, que me sentia aborrecida por me considerarem uma menininha, uma criança... Repito que me encontrava num estado de espírito muito estranho; tinha o coração enternecido, os olhos marejados de lágrimas — não escondi nada e contei-lhe tudo, tudo — sobre minha amizade por ele, sobre o desejo de amá-lo, de viver unida a ele pelo coração, de confortá-lo, de acalmá-lo. Ele me fitou de um jeito estranho, como que desconcertado, surpreso, e não me disse uma palavra. De repente comecei a sentir uma tristeza e uma dor terrível. Achei que não me compreendia e que, talvez, estivesse rindo de mim. De repente comecei a chorar e a soluçar como uma criança, sem conseguir me conter; tive uma espécie de ataque. Ele pegou-me nas mãos, beijou-as e, estreitando-as contra o seu peito, ficou tentando me tranquilizar, me consolar; estava profundamente comovido; não me lembro do que me disse, só sei que eu chorava, ria, tornava a chorar e enrubescia, sem conseguir pronunciar uma palavra, de contentamento. Aliás, a despeito da emoção que sentia, percebi que Pokróvski, apesar disso, continuava um tanto perturbado e constrangido. Parece que não se cansava de admirar meu enlevo, meu arrebatamento e uma amizade tão súbita, ardorosa e ardente. Talvez tenha sentido apenas curiosidade no início; depois foi perdendo suas reservas e, com o mesmo sentimento simples e direto que eu, aceitou minha afeição por ele, minhas palavras afáveis, minha atenção, e correspondia a tudo com a mesma atenção, de modo igualmente amigável e afável, como um amigo sincero, como um verdadeiro irmão. Sentia-me tão bem e com o coração tão aquecido!... Não dissimulei nem ocultei nada; ele via tudo isso e a cada dia se afeiçoava mais a mim. É verdade que não me lembro, mas do que não falávamos nós nestas horas torturantes, e ao mesmo tempo doces, de nossos encontros noturnos, à luz bruxuleante da lamparina e quase colados ao leito de minha pobre mãezinha doente?... De tudo o que vinha à mente, de tudo o que era arrancado do coração e que queria ser dito — e éramos quase felizes... Ah, foi um tempo triste e feliz — tudo junto; ainda agora me sinto alegre e triste ao recordá-lo. As recordações, sejam alegres ou amargas, são sempre um suplício; pelo menos para mim é assim; mas também esse suplício é doce. E quando o coração fica oprimido, dolorido, atormentado e triste, então a recordação o refresca e vivifica, como as gotas de orvalho numa tarde úmida que, depois de um dia quente, refrescam e revivificam a pobre florzinha murcha, crestada pelo calor do dia.

Gente pobre

A mãezinha estava convalescendo, mas eu ainda continuava a velar à cabeceira de sua cama. Pokróvski sempre me emprestava um livro; de início eu lia para não adormecer, depois com mais atenção, depois com avidez; de repente foi se abrindo diante de mim um mundo de coisas novas, que até então ignorava e desconhecia. Novos pensamentos e novas impressões afluíam de uma só vez, numa torrente caudalosa, ao meu coração. E quanto mais inquietação, quanto mais perturbação e esforço me custava a acolhida dessas novas impressões, mais caras elas me eram, mais docemente abalavam toda a minha alma. De repente elas foram se aglomerando em meu coração, de uma só vez, sem lhe dar descanso. Um estranho caos começou a sublevar todo o meu ser. Mas essa violência espiritual não foi capaz, não teve forças para me transtornar por completo. Eu era sonhadora demais, e isso me salvou.

Quando a mãezinha ficou melhor, cessaram nossos encontros noturnos e nossas longas conversas; às vezes conseguíamos trocar algumas palavras, em geral triviais e insignificantes, mas eu sentia prazer em conceder a tudo um significado próprio, uma apreciação própria especial e subentendida. Minha vida estava completa, eu estava feliz e tranquila, serenamente feliz. E assim se passaram algumas semanas...

Uma vez o velho Pokróvski veio nos ver. Ficou conversando conosco bastante tempo, e estava alegre, bondoso e falante como nunca; ria, gracejava ao seu modo e, por fim, revelando o segredo de seu entusiasmo, comunicou-nos que Piétienka faria aniversário daí a uma semana exatamente, e que nessa ocasião ele viria ver o filho sem falta; que vestiria um colete novo e que a mulher tinha prometido lhe comprar um novo par de botas. Resumindo, o velho estava imensamente feliz e tagarelava sobre tudo o que lhe vinha à cabeça.

O aniversário dele! Esse aniversário não me deu sossego nem de dia nem de noite. Estava terminantemente decidida a lembrar a Pokróvski a minha amizade e dar-lhe um presente. Mas o quê? Acabei tendo a ideia de lhe dar livros. Sabia que ele gostaria de ter as obras completas de Púchkin, a última edição, e decidi comprar o Púchkin.[17] De dinheiro meu mesmo tinha uns trinta rublos, ganhos com trabalhos de costura. Esse dinheiro estava reservado para um vestido novo. Mandei imediatamente nossa cozinheira, a velha Matriona, saber quanto custava todo o Púchkin. Que infelicidade! O preço de todos os onze volumes, incluindo o custo da encadernação, era de pelo menos uns sessenta rublos. Onde havia de arranjar esse dinheiro? Fiquei pensando, pensando, sem saber que decisão tomar. Pedir à mãezinha não queria. Claro que a mãezinha teria me ajudado sem pestanejar; mas nesse caso todos em casa iam ficar sabendo do nosso presente; e além disso o presente se transformaria numa forma de recompensa, de pagamento pelo ano inteiro de trabalho de Pokróvski. Minha vontade era presenteá-lo sozinha, escondida de todos. Já por sua dedicação a mim, queria ser-lhe eternamente devedora, sem qualquer espécie de pagamento que fosse, a não ser a minha amizade. Acabei inventando um jeito de sair do apuro.

Sabia que nos alfarrabistas do Gostíni Dvor[18] é possível comprar livros até pela metade do preço, é só regatear, e muitas vezes com pouco uso e quase completamente novos. Contava ir sem falta ao Gostíni Dvor. E foi o que aconteceu; no dia seguinte mesmo surgiu uma urgência tanto de nossa parte como da parte de Anna Fiódorovna. A mãezinha não se sentia muito bem e Anna Fiódorovna, muito a propósito, estava com um pouco de preguiça, de modo que lhes tocou encarregar-me de todas as incumbências, e saí junto com Matriona.

[17] Publicada em São Petersburgo de 1838 a 1841. (N. da T.)

[18] Prédio de uma galeria comercial em arcadas na Avenida Niévski. (N. da T.)

Por sorte, encontrei o Púchkin bem rapidamente e numa encadernação bem bonita. Comecei a regatear. De início pediram mais do que custava nas livrarias, mas, aliás a muito custo, depois de sair e voltar várias vezes, acabei levando o comerciante a um ponto que ele abaixou o preço e limitou suas exigências a apenas dez rublos de prata. Como foi divertido regatear!... A pobre Matriona não conseguia entender o que se passava comigo e a troco de que eu tinha inventado de comprar tantos livros. Mas que horror! Todo o meu capital era de trinta rublos em notas, e o comerciante não concordava de maneira alguma em deixar por menos. Comecei finalmente a lhe suplicar e, de tanto implorar, acabei conseguindo. Ele fez um abatimento, mas de apenas dois rublos e meio, e jurou que só estava fazendo esse abatimento por mim, por ser eu tão boa moça, que para outra pessoa não baixaria por nada. Faltavam dois rublos e meio! Estava prestes a começar a chorar de desgosto. Mas uma circunstância absolutamente inesperada veio remediar meu desespero.

Acabava de ver o velho Pokróvski em outra banca de livros, perto de mim. Estava rodeado por quatro ou cinco livreiros; eles, decididamente, o estavam fazendo perder a cabeça e deixando-o completamente fatigado. Cada um lhe oferecia a sua mercadoria, e o que lhe ofereciam, e o que queria ele comprar! O pobre velho estava como que encurralado no meio deles, sem saber o que pegar daquilo que lhe ofereciam. Aproximei-me dele e perguntei-lhe o que estava fazendo ali. O velho ficou muito contente em me ver; ele tinha loucura por mim, talvez não menos do que por Piétienka. "Olha só, estou comprando livros, Varvara Alieksiêievna — respondeu-me ele —, estou comprando uns livros para Piétienka. Pois o dia de seu aniversário está chegando e ele gosta de livros, então estou aqui comprando uns para ele..." O velho já tinha sempre um jeito cômico de se exprimir, mas agora, ainda por cima, estava completamente atordoado. Do que quer que fosse que perguntasse o preço, era sempre um rublo de prata, dois rublos, três rublos de prata; já dos livros grandes sequer perguntava o preço, mas mesmo assim lançava uns olhares de cobiça para eles, virava suas folhinhas com os dedos, virava e revirava-os nas mãos e os recolocava no lugar. "Não, não, é caro — dizia à meia-voz —, mas talvez aqui haja alguma coisa" — e nisso recomeçava a folhear uns caderninhos fininhos, umas coletâneas de canções, uns almanaques; tudo coisinha barata. "Mas para que o senhor está comprando essas coisas — perguntei-lhe eu —, isso tudo é uma grande bobagem." "Oh, não — repondeu-me ele —, não, dê só uma olhada, que livros bons há aqui; há uns livros muito, muito bons!" E arrastou as últimas palavras meio cantando, e de modo tão lastimoso, que tive a impressão de que estava prestes a chorar de desgosto porque os livrinhos bons são caros e de que no mesmo instante uma lagrimazinha rolaria de suas faces pálidas em seu nariz vermelho. Perguntei-lhe se tinha muito dinheiro. "Aqui está — nisso o pobrezinho tirou todo o seu dinheiro, que estava enrolado num papelzinho de jornal imundo —, tenho uma moedinha de cinquenta copeques, duas moedinhas de vinte copeques e vinte copeques em cobre." Eu o arrastei imediatamente para o meu livreiro. "Veja, todos estes onze livros juntos custam trinta e dois rublos e cinquenta copeques; eu tenho trinta; acrescente dois rublos e meio e nós compramos todos estes livros e os presenteamos juntos." O velho ficou louco de alegria, despejou todo o seu dinheiro, e o livreiro o carregou com toda a nossa biblioteca. O meu velhote pôs livros em todos os bolsos, debaixo dos braços, juntou-os com as duas mãos e levou tudo para a sua casa, dando-me sua palavra de que traria todos os livros no dia seguinte, em surdina, para a minha casa.

No dia seguinte o velho veio ver o filho, passou uma horinha com ele, como de costume, depois deu uma passada em nosso quarto e se sentou ao meu lado com um ar comicamente enigmático. Primeiro com um sorriso, esfregando as mãos pela satisfação orgulhosa de estar de posse de um se-

Gente pobre

57

gredo, comunicou-me que os livros todos haviam sido trazidos à nossa casa sem que ninguém percebesse e estavam num cantinho da cozinha sob a proteção de Matriona. Depois a conversa passou naturalmente para a data esperada; em seguida o velho se pôs a falar de como daríamos o nosso presente, e quanto mais se aprofundava no assunto, quanto mais falava dele, mais evidente ia se tornando para mim que alguma coisa lhe ia na alma, a qual ele não conseguia, não ousava e tinha até medo de exprimir. Fiquei esperando calada. A alegria secreta, a satisfação secreta que eu até então havia facilmente lido em suas maneiras estranhas, em suas caretas, piscadelas com o olho esquerdo, tinham desaparecido. A cada momento ia ficando mais e mais inquieto e melancólico, até que não pôde mais se conter.

"Ouça — começou timidamente, à meia-voz — ouça, Varvara Alieksiêievna... sabe o que é, Varvara Alieksiêievna?... — O velho estava terrivelmente embaraçado. — Veja: quando chegar o dia do aniversário dele, pegue dez livros e dê a ele pessoalmente de presente, isto é, por si mesma, em seu próprio nome; já eu pegarei o décimo primeiro apenas e também lhe darei por mim mesmo, isto é, em meu próprio nome. Desse modo, está vendo... terá o que lhe dar de presente e eu terei o que lhe dar de presente; os dois teremos o que lhe dar de presente." — Nessa hora o velho se atrapalhou e se calou. Olhei para ele; estava esperando meu veredito com uma expectativa tímida. — "Mas por que o senhor não quer que lhe demos juntos o presente, Zakhar Pietróvitch?" — "Por nada, Varvara Alieksiêievna, é por isso... é que eu, uma coisa dessas..." — resumindo, o velho ficou embaraçado, rubro, com a frase entalada, sem conseguir sair do lugar.

— Está vendo — explicou-se ele, finalmente —, sabe, Varvara Alieksiêievna, às vezes faço das minhas... isto é, quero lhe informar que vivo aprontando das minhas, quase sempre apronto, estou habituado a coisas que não são boas... isto é, sabe como é quando acontece de estar bem frio no pátio, então às vezes acontecem umas coisas desagradáveis, ou se fico lá de algum modo deprimido, ou se alguma coisa ruim acontece, de modo que às vezes não me contenho e apronto das minhas, e às vezes bebo demais. Isso desagrada muito ao Pietrucha. E então ele fica zangado, sabe, Varvara Alieksiêievna, ralha comigo e começa a me pregar lições de moral. De modo que gostaria agora de lhe demonstrar eu mesmo, com o meu presente, que estou começando a me emendar e a me comportar bem. Que economizei para lhe comprar um livro, que economizei por muito tempo, porque dinheiro mesmo quase nunca tenho, a não ser quando acontece de Pietrucha me dar algum. E ele sabe disso. Portanto, há de ver o emprego que dou ao meu dinheiro e saber que faço isso tudo unicamente por ele.

Senti tanta pena do velho. Pus-me a pensar por um momento. O velho deitou-me um olhar preocupado. "Pois ouça, Zakhar Pietróvitch — disse-lhe eu —, dê-lhe o senhor de presente todos eles!" — "Todos, como? isto é, os livros todos?..." — "Isso mesmo, os livros todos." — "E da minha parte?" — "Da sua parte." — "Apenas da minha parte? isto é, em meu próprio nome?" — "Isso mesmo, em seu próprio nome..." Achei que havia explicado bem claramente, mas o velho demorou muito para conseguir me entender.

"Está bem — dizia ele, pensativo —, está bem! isso será muito bom, isso seria bom demais, mas e quanto a si mesma, Varvara Alieksiêievna?" — "Bem, eu não darei nada." — "Como! — gritou o velho, que quase levou um susto — então não vai dar nenhum presente ao Piétienka, então não quer dar nenhum presente a ele?" O velho se assustou; nesse momento ele parecia pronto a desistir de sua proposta, para que eu também pudesse dar um presente ao seu filho. Era um bom sujeito esse velho! Assegurei-lhe que ficaria feliz em lhe dar um presente, mas que não queria privá-lo desse prazer. "Se o seu filho ficar satisfeito — acrescentei eu — e o senhor ficar feliz, então também ficarei feliz, porque no fundo de meu

Gente pobre   59

coração vou sentir como se de fato também lhe tivesse dado um presente." Com isso o velho se tranquilizou completamente. Ele passou ainda duas horas conosco, mas durante esse tempo todo não conseguia parar quieto na cadeira, levantava-se, fazia barulho, brincava, divertia-se com Sacha, beijava-me furtivamente, beliscava-me a mão e, escondido, fazia caretas por detrás de Anna Fiódorovna. Anna Fiódorovna acabou por expulsá-lo de casa. Resumindo, o velho não cabia em si de contente, talvez como nunca estivera em sua vida.

No grande dia ele apareceu às onze horas em ponto, veio direto da missa, com a casaca decentemente cerzida e, realmente, com um colete novo e botas novas. Em cada mão tinha um pacote de livros. Sentamo-nos todos então na sala de Anna Fiódorovna para tomarmos o café (era domingo). Parece-me que o velho começou dizendo que Púchkin era um poeta muito bom; depois, perdendo o fio da meada e se atrapalhando todo, de súbito mudou de assunto, começou a dizer que um homem precisa se comportar bem e que, se não se comporta bem, então significa que está sendo indulgente consigo mesmo; que os maus hábitos acabam com a vida de um homem e o levam à perdição; chegou a enumerar alguns exemplos nocivos de intemperança e concluiu com o fato de que desde algum tempo havia se emendado por completo e que agora se comportava de maneira exemplar. Que mesmo antes sentia que os sermões do filho eram justos, que vinha sentindo isso e que foi adicionando tudo no coração, mas que agora começara a se abster também na prática. Como prova disso, oferecia os livros comprados com o dinheiro juntado por ele ao longo de muito tempo.

Eu não conseguia conter as lágrimas e o riso ao ouvir o pobre velho; sabia mentir bem em caso de necessidade! Os livros foram levados para o quarto de Pokróvski e colocados na prateleira. Pokróvski adivinhou de imediato a verdade. O velho foi convidado para o almoço. Nesse dia estávamos todos muito alegres. Depois do almoço jogamos cartas e prendas; Sacha se divertia, e eu não lhe ficava atrás. Pokróvski estava atencioso comigo e ficou tentando encontrar uma ocasião para conversarmos a sós, mas eu não me rendi. Este foi o melhor dia daqueles quatro anos inteiros de minha vida.

Mas agora vêm só recordações tristes, penosas; tem início a novela sobre os meus dias negros. Talvez seja por isso que minha pena começa a se mover mais devagar, como se se recusasse a continuar a escrever. Talvez seja por isso que tenha passado com tanto entusiasmo e com tanto amor para a minha memória até os pormenores mais insignificantes de minha insignificante vidinha nos meus dias felizes. Esses dias duraram tão pouco; foram substituídos pelo desgosto, um desgosto amargo, que só Deus sabe quando terá fim.

Minha desdita começou com a doença e a morte de Pokróvski.

Ele adoeceu dois meses depois dos acontecimentos que acabo de descrever. Nesses dois meses, batalhou incansavelmente por um meio de subsistência, já que até então não tinha uma situação definida. Como todo tuberculoso, até o último momento, nunca perdeu a esperança de viver ainda muito tempo. Havia-lhe aparecido um emprego de professor não sei onde; mas ele tinha aversão por essa profissão. E trabalhar no serviço público, por razões de saúde, ele não podia. E além disso seria preciso esperar muito tempo pelo pagamento do primeiro salário. Resumindo, Pokróvski via apenas fracasso por todo lado; estava ficando intratável. Sua saúde ia de mal a pior; ele não se dava conta disso. Chegou o outono. Saía todos os dias com seu capotezinho leve para correr atrás de seus assuntos, para pedir e implorar um emprego em algum lugar — o que, em seu íntimo, era um tormento; andava debaixo de chuva, ficava todo ensopado, com os pés molhados, e acabou caindo de cama, de onde não se levantou mais... Faleceu em fins de outubro, no auge do outono.

Gente pobre

Durante todo o período de sua doença, quase não deixei seu quarto, ficava cuidando dele e servindo-o. Passei muitas noites inteiras em claro. Era raro estar consciente; estava sempre delirando; falava sabe Deus do quê: de seu emprego, de seus livros, de mim, do pai... e foi aí que ouvi muita coisa sobre circunstâncias de sua vida que antes não sabia e das quais nem mesmo suspeitava. Nos primeiros tempos de sua doença, todos em casa olhavam para mim de um jeito estranho; Anna Fiódorovna abanava a cabeça. Mas eu encarava a todos de frente e deixaram de censurar meu interesse por Pokróvski — pelo menos a mãezinha.

Às vezes Pokróvski me reconhecia, mas isso era raro. Ficou quase o tempo todo inconsciente. Às vezes passava noites inteiras falando com alguém, com palavras vagas e ininteligíveis, e sua voz rouca repercutia em seu quarto apertado de um modo abafado, como que de dentro de um caixão; nesses momentos eu ficava apavorada. Sobretudo na última noite, estava como que frenético; eram terríveis o seu sofrimento, a sua angústia; seus gemidos dilaceravam-me a alma. Todos lá em casa estavam assustados. Anna Fiódorovna só fazia rezar para que Deus o levasse o mais depressa possível. Chamaram o médico. O médico disse que o doente não passaria da manhã seguinte.

O velho Pokróvski passou a noite inteira no corredor, bem à porta do quarto do filho; estenderam ali uma esteira para ele. A todo instante entrava no quarto; dava medo de vê-lo. Estava tão mortificado pela dor que parecia completamente insensível e apalermado. O medo lhe fazia tremer a cabeça. Ele mesmo tremia todo e não parava de murmurar algo para si próprio, de raciocinar com seus botões sobre alguma coisa. Achei que ele ia enlouquecer de amargura.

Antes do amanhecer, exaurido pela dor da alma, o velho adormeceu como um morto em sua esteira. Aí pelas oito horas o filho entrou em agonia; fui acordar o pai. Pokróvski estava plenamente lúcido e se despediu de todos nós. Que coisa estranha! Eu não conseguia chorar. Mas estava com o coração dilacerado.

Porém, o que me torturou e martirizou mais do que tudo foram seus derradeiros instantes. Com a língua entorpecida, passou muito tempo pedindo-me algo e eu não conseguia compreender nenhuma de suas palavras. Confrangia-me o coração de dor! Passou uma hora inteira inquieto, o tempo todo angustiado por alguma coisa, esforçando-se para fazer um sinal com as mãos frias, depois recomeçou a pedir queixosamente, com uma voz rouca e surda; mas suas palavras eram sons desconexos, e eu de novo não conseguia entender nada. Levava todo o pessoal de casa para perto dele, dava-lhe de beber; mas ele só fazia balançar a cabeça com tristeza. Por fim entendi o que queria. Pedia-me para levantar a cortina e abrir os contraventos. Sua vontade, certamente, era de ver o dia, a luz divina, o sol, pela última vez. Abri a cortina; mas o dia que despontava estava tão triste e melancólico como a pobre vida do moribundo, que se extinguia. Não havia sol. As nuvens cobriam o céu com uma névoa espessa; ele estava tão chuvoso, sombrio e melancólico. Uma chuvinha fina tamborilava nos vidros da janela e banhava-os com jatos de uma água fria e suja; tudo estava embaciado e escuro. Os raios do dia pálido penetravam tenuamente no quarto e mal conseguiam competir com a luz trêmula da lamparina acesa diante do ícone. O moribundo fitou-me com imensa tristeza e balançou a cabeça. Um minuto depois estava morto.

A própria Anna Fiódorovna se encarregou do funeral. Foi comprado um caixão muito simples e contratado um carroceiro. Para cobrir as despesas, Anna Fiódorovna se apossou de todos os livros e de todas as coisas do falecido. O velho discutiu com ela, fez barulho, tirou dela quantos livros pôde, encheu todos os seus bolsos com eles, colocou-os no chapéu, onde pôde, carregou-os todos os três dias e não os largou nem mesmo na hora de ir para a igreja. Durante estes dias todos ele parecia estar desmemoriado, como que abobalhado, e passou o tempo todo atarefado em volta do caixão, cuidando de tudo com um estranho desvelo: ora recompondo a coroinha no falecido, ora acendendo e retirando velas. Via-se que não conseguia concentrar os pensamentos em nada. Nem a mãezinha nem Anna Fiódorovna foram à igreja para a missa de corpo presente. A mãezinha estava doente, e Anna Fiódorovna, embora tivesse se aprontado toda, brigou com o velho Pokróvski e ficou em casa. O velho e eu fomos os únicos presentes. Na hora da missa fui acometida por uma sensação de medo — como se fosse um pressentimento do futuro. Mal conseguia me aguentar de pé na igreja. Finalmente o caixão foi fechado, pregado, colocado na carroça e levado. Eu o acompanhei somente até o fim da rua. O cocheiro saiu a trote. O velho corria atrás dele chorando alto; um pranto trêmulo e entrecortado, por causa da corrida. O infeliz perdeu o chapéu e nem se deteve para apanhá-lo. Ficou com a cabeça molhada de chuva; levantara uma ventania; a escarcha fustigava-lhe o rosto, partindo-o todo. O velho parecia não se dar conta do mau tempo e corria em pranto de um lado para o outro da carroça. As abas de seu decrépito sobretudo esvoaçavam como asas ao vento. De todos os seus bolsos assomavam livros; em sua mão havia um livro enorme, que estreitava fortemente contra o peito. Os transeuntes tiravam o chapéu e faziam o sinal da cruz. Outros paravam assombrados, para ver o pobre velho. A todo instante lhe caíam livros dos bolsos na lama. As pessoas o paravam, para apontar-lhe os livros perdidos; ele os apanhava e se punha de novo a correr no encalço do caixão. Na esquina, uma velha mendiga juntou-se a ele para acompanhar o caixão. A carroça finalmente dobrou a esquina e desapareceu de minha vista. Voltei para casa. Atirei-me nos braços da mãezinha num estado de angústia terrível. Eu a estreitava fortemente em meus braços e a beijava, soluçando, estreitava-me a ela com medo, como se quisesse prender com meu abraço o meu

último amigo e não entregá-lo à morte... Mas a morte já rondava a pobre mãezinha! ....
....

11 DE JUNHO

Como lhe sou grata pelo passeio de ontem às ilhas, Makar Alieksiêievitch! Que lugar fresco e gostoso, e quanto verde há ali! Havia tanto tempo já que não via o verde; quando estava doente, ficava sempre achando que ia morrer e dava minha morte como certa; então julgue por si mesmo como não me senti, a sensação que experimentei ontem! Não se zangue comigo por ter ficado tão triste ontem; estava me sentindo muito bem, muito leve, mas é sempre assim, em meus melhores momentos, não sei por quê, sempre me sinto triste. Quanto ao meu choro, isso não foi nada; nem eu mesma sei por que estou sempre chorando. Sinto uma sensação de dor e uma irritabilidade; minhas impressões são mórbidas. O céu límpido e pálido, o pôr do sol, a calmaria do fim de tarde — tudo isso — nem eu mesma sei — mas ontem estava como que predisposta a acolher todas as impressões de maneira dolorosa e torturante, de modo que estava com o coração transbordando e a alma pedindo lágrimas. Mas por que lhe escrevo estas coisas? Isto tudo se revela muito penoso para o meu coração, porém mais penoso ainda é contar. Mas o senhor talvez me compreenda. É triste e cômico ao mesmo tempo! É verdade, o senhor é um homem tão bondoso, Makar Alieksiêievitch! Ontem fitava-me de um jeito nos olhos, como que querendo ler neles o que eu estava sentindo, e mostrava-se encantado com meu enlevo. Se olhava para um arbustozinho, uma alameda, uma faixa de água que fosse, lá estava o senhor; punha-se de tal modo diante de mim, todo garboso, e olhando-me o tempo todo nos olhos, como se estivesse me mostrando seus próprios domínios. Isso é uma

Gente pobre

65

prova de que tem um bom coração, Makar Alieksiêievitch. E é por isso mesmo que lhe quero bem. Então, até logo. Hoje estou outra vez adoentada; ontem molhei os pés e por isso peguei um resfriado; Fiódorovna também está meio adoentada, de modo que fomos as duas pegas. Não se esqueça de mim, venha me visitar mais vezes.

Sua

V. D.

12 DE JUNHO

Varvara Alieksiêievna, minha pombinha!

E eu que achava, minha filha, que me descreveria todo o dia de ontem em verdadeiros versos, mas só lhe saiu ao todo uma folhinha simples. Se digo isso é porque, embora tenha me escrito pouco em sua folhinha, em compensação descreveu com doçura e muitíssimo bem. Tanto a natureza, como os vários cenários do campo e todo o resto sobre sentimentos — em suma, descreveu tudo isso muito bem. Já eu não tenho esse talento. Mesmo que escrevinhasse dez páginas, vê lá se ia sair alguma coisa, não ia conseguir descrever nada. Já tentei. Escreve-me, minha querida, que sou um homem bom, complacente, incapaz de prejudicar o próximo, e que sei perceber a bondade do Senhor manifesta na natureza, e por fim cumula-me com muitos outros elogios. Tudo isso é verdade, minha filha, tudo isso é a mais pura verdade; sou realmente assim como diz, e eu mesmo sei disso; mas, ao ler essas coisas que escreve, fico com o coração involuntariamente enternecido, e aí sou acometido por divagações penosas de todo tipo. Mas agora ouça-me, minha filha, tenho uma coisa para lhe contar, minha querida.

Começarei pela época em que tinha ainda dezessete aninhos, quando me apresentei no serviço, e olha que logo vou para trinta anos de carreira. E não é por dizer, mas realmente gastei muitas fardas; tornei-me homem, tomei juízo, vi muita gente; vivi, posso dizer que vivi nesse mundo, tanto que uma vez até quiseram recomendar-me para receber uma condecoração. Pode não acreditar, mas garanto-lhe que não estou mentindo. O fato, minha filha, é que uma gente má se intrometeu nisso tudo. Mas quero lhe dizer, minha querida, que, embora seja uma pessoa ignorante, estúpida talvez, tenho coração, como qualquer outra pessoa. Pois quer saber o que fez comigo, Várienka, esse homem maldoso? Dá até vergonha de dizer o que fez; há de me perguntar — por que é que ele fez isso? Por ser eu pacífico, por ser eu calado, por eu ser bom! Não era do agrado deles, e então se puseram a implicar comigo. No início tudo começou com: "o senhor isso, Makar Alieksiêievtch, o senhor aquilo"; e depois passaram para: "a Makar Alieksiêievtch, nem perguntem". E agora, conclusão, "mas é claro que foi Makar Alieksiêievtch!". Aí está, minha filha, como as coisas foram acontecendo: tudo recaía sobre Makar Alieksiêievtch; e tanto fizeram que conseguiram transformar Makar Alieksiêievtch numa espécie de piada em todo o nosso departamento. E, como se não bastasse a piada, quase fizeram de meu nome um palavrão — pegaram para falar até das minhas botas, da minha farda, dos meus cabelos, da minha aparência: nada era do gosto deles, tudo tinha de ser refeito! E olha que isso tudo se repete todo santo dia, desde tempos imemoriais. Eu me acostumei, porque me acostumo com tudo, porque sou um homem pacífico, porque sou um homem sem importância; e, no entanto, para que isso tudo? Fiz algum mal a alguém? Puxei o tapete de alguém, ou algo assim? Difamei alguém junto aos superiores? Pedi concessões a mais? Levantei alguma calúnia contra alguém, eu pergunto? Estaria cometendo um pecado se pensasse uma coisa dessas, minha filha! Eu lá sou homem

Gente pobre

de fazer esse tipo de coisa? Olha bem para mim, minha querida, acha que tenho capacidade suficiente para a perfídia e a vaidade? Que Deus me perdoe, mas por que tinha de cair tanta desgraça sobre mim? Sei que me considera uma pessoa digna, minha filha, e no entanto é incomparavelmente melhor do que eles todos. Pois qual é a maior virtude cívica? Um dia desses, Evstáfi Ivánovitch mostrava numa conversa particular que a mais importante virtude cívica é saber fazer dinheiro. Eles falavam por brincadeira (eu sei que era por brincadeira), mas, moral da história, não se deve ser um fardo para ninguém; mas eu não sou um fardo para ninguém! Tenho meu próprio pedaço de pão; é verdade que é um pedaço de pão simples, às vezes chega a ser pão seco; mas é ganho com trabalho, consumido de modo legal e irrepreensível. E o que mais posso fazer?! Pois eu mesmo sei que não é grande coisa o que faço, que é copiar; mas assim mesmo me orgulho disso: trabalho, derramo meu suor. E o que há de mais no fato de eu copiar? Será que é pecado copiar? "Ele, dizem, faz cópias!" "Essa ratazana, dizem, é funcionário, faz cópias!" E o que há de desonesto nisso? A escrita é tão nítida, bonita, dá gosto de ver, e Sua Excelência está satisfeita; sou eu que copio os documentos mais importantes para eles. Bom, estilo não tenho, e eu mesmo sei que não tenho o maldito; e foi por isso que não subi no emprego, e mesmo agora, minha querida, escrevo-lhe com simplicidade, sem pompa, da maneira como o pensamento se forma em meu coração... Sei de tudo isso; e, entretanto, se todo mundo se pusesse a escrever, então quem é que havia de copiar? Essa é a pergunta que lhe faço e peço que me responda, minha filha. Pois agora me dou conta de que sou necessário, de que sou indispensável e de que não se deve desorientar uma pessoa com disparates. Pois bem, que seja uma ratazana, já que encontraram semelhança! Mas essa ratazana é necessária, essa ratazana é útil, a essa ratazana se agarram, e dão prêmio a essa ratazana —, aí está, que tipo de ratazana é esta! Aliás, chega desse assunto, minha querida;

nem era disso que queria falar, mas aí me exaltei um pouco. De qualquer forma, é agradável fazer justiça a si mesmo de vez em quando. Até logo, minha querida, minha pombinha, meu anjo consolador. Darei uma passada em sua casa sem falta, passarei para visitá-la, minha estrelinha. E enquanto isso procure não se aborrecer. Vou levar-lhe um livro. Então até logo, Várienka.

Seu cordial amigo
Makar Diévuchkin

20 DE JUNHO

Prezado senhor Makar Alieksiêievitch!

Escrevo-lhe às pressas, estou sem tempo, tenho de terminar um trabalho dentro do prazo. Trata-se do seguinte: é possível fazer uma boa compra. Fiódora diz que tem um conhecido que pôs à venda uma farda completa, praticamente novinha em folha, a roupa de baixo, um colete, um boné e, dizem, tudo muito barato; de modo que devia comprá-la. Afinal, agora não está passando necessidades, e além do mais tem dinheiro; o senhor mesmo diz que tem. Basta, por favor, não seja avarento, porque isso tudo são coisas necessárias. Olhe bem para si mesmo, para os trajes velhos com que anda. São de dar vergonha! estão cheios de remendos. Novos o senhor não tem; isso eu sei, embora assegure que tem. Sabe Deus onde foi que se desfez deles. Pois então ouça-me e compre-os, por favor. Faça isso por mim; se gosta de mim, então compre-os.

Mandou-me roupas brancas de presente; mas ouça-me, Makar Alieksiêievitch, desse jeito há de ficar sem recursos. Não é brincadeira o que tem despendido comigo — é uma

Gente pobre

69

quantia espantosa! Ah, como gosta de esbanjar! E não tenho necessidade; essas coisas todas eram perfeitamente dispensáveis. Eu sei, estou certa de que gosta de mim; palavra, é desnecessário lembrar-me disso com presentes; e me é penoso recebê-los do senhor; sei o que lhe custam. De uma vez por todas — basta; está me ouvindo? Eu lhe peço, eu lhe imploro. Pede-me, Makar Alieksiêievitch, para mandar a continuação de minhas anotações; gostaria que eu as terminasse. Nem sei como consegui escrever isso que escrevi! Mas não tenho ânimo agora para falar do meu passado; não quero nem mesmo pensar nele; começo a ter medo dessas recordações. E o mais penoso para mim é falar de minha pobre mãezinha, que deixou a pobre filha nas garras daqueles monstros; a simples lembrança me faz sangrar o coração. Isso tudo ainda é tão recente; nem tive tempo de cair em mim, quanto mais de me tranquilizar, embora já tenha passado mais de um ano. Mas o senhor sabe de tudo.

Já lhe falei das ideias que Anna Fiódorovna anda tendo; diz que sou ingrata e rejeita qualquer acusação sobre a sua associação com o senhor Bíkov! Está me chamando para ir morar com ela; diz que estou vivendo de esmolas e que enveredei por um mau caminho. Diz que, se eu voltar para a sua casa, então se encarrega de arranjar tudo com o senhor Bíkov e o obriga a reparar todo o mal que me fez. Diz que o senhor Bíkov quer me dar um dote. Deus me livre! Estou bem aqui com o senhor e ao lado de minha bondosa Fiódora, que, com a afeição que tem por mim, lembra minha falecida ama. Embora seja um parente afastado, o senhor, no entanto, me protege com seu nome. Quanto a eles, não sei; quero esquecê-los, se puder. O que mais querem de mim? Fiódora diz que isso não passa de mexerico, que acabarão por me deixar em paz. Queira Deus!

V. D.

21 DE JUNHO

Minha filha, minha pombinha!

Quero escrever, mas não sei por onde começar. Pois veja que estranho é isso, minha filha, de estarmos vivendo assim agora. Falo isso porque nunca havia tido dias tão alegres em minha vida. É como se o Senhor me tivesse abençoado com uma casinha e uma família! Minha linda criancinha! que conversa é essa sobre aquelas quatro camisinhas que lhe mandei? Pois tinha necessidade delas — eu o soube por Fiódora. E além disso, minha filha, para mim é uma felicidade especial poder satisfazê-la; é esse o meu único prazer, e não se oponha, minha filha; não me magoe e não me contrarie. Nunca me havia acontecido nada igual, minha filha. Pois agora me lancei ao mundo. Em primeiro lugar, estou vivendo com o dobro de intensidade, porque também está morando bem perto de mim e para a minha alegria; em segundo lugar, um inquilino, meu vizinho, Rataziáiev, o mesmo funcionário em cujo quarto acontecem os serões literários, convidou-me hoje para um chá. Hoje haverá reunião; vamos ler literatura. Veja como estamos agora, minha filha — aí está! Bem, até logo. Só escrevi isso tudo por escrever, sem nenhuma intenção aparente e unicamente para lhe informar sobre o meu bem-estar. Mandou-me dizer pela Teresa, alminha, que precisa de seda de cor para os bordados; eu comprarei, minha filha, eu comprarei, comprarei a seda também. Amanhã mesmo terei o prazer de satisfazê-la completamente. Já sei até onde encontrar. E agora continuo

seu amigo sincero,
Makar Diévuchkin

Gente pobre

22 DE JUNHO

Prezada senhora Varvara Alieksiêievna!

Informo-lhe, minha querida, de que em nosso apartamento aconteceu um episódio lastimável, verdadeiramente digno de compaixão. Hoje, por volta das cinco horas da manhã, morreu um filho pequeno de Gorchkov. Só não sei do quê, se foi escarlatina ou o quê, só Deus sabe! Fiz uma visita a esses Gorchkov. Nossa, minha filha, que pobreza a deles! E que desordem! Mas, também, não é de admirar: a família toda vive em um único cômodo, que só está dividido por uns biombozinhos por decoro. Já está lá o caixãozinho — é um caixão simplesinho, mas bem bonitinho; compraram pronto, o menino tinha uns nove anos; dizem que prometia muito. Dá pena olhar para eles, Várienka! A mãe não chora, mas está numa tristeza, coitada! Talvez fique mais fácil para eles, com uma boca a menos para alimentar; mas ainda lhes ficam duas crianças, um menino de peito e uma menina pequena, de uns seis anos, não mais. Na verdade, que gosto há de se ter na vida quando se vê uma criança sofrendo, e ainda por cima o próprio filhinho, sem ter com que socorrê-lo? O pai está sentado numa cadeira quebrada, com sua casaca velha e ensebada. Lágrimas correm-lhe pelas faces, e talvez nem seja pelo sofrimento que seus olhos estão supurando, mas apenas por hábito. Que estranho é! Quando alguém vai falar com ele, fica todo vermelho, atrapalhado, sem saber o que responder. A menina pequena, a filhinha, está apoiada no caixão, de pé, e tão triste e pensativa, coitadinha! Como não gosto, Várienka, minha filha, quando vejo uma criança pensativa; é uma coisa desagradável de ver! No chão, ao lado dela, tem uma boneca de pano — mas ela não está brincando; fica com o dedinho na boca; está quieta — nem se mexe. A senhoria lhe deu uma bala; ela pegou, mas não comeu. É triste, não é, Várienka?

Makar Diévuchkin

25 DE JUNHO

Amabilíssimo Makar Alieksiêievitch! Envio-lhe de volta o seu livro. Que livreco imprestável este! — não dá nem para pôr as mãos nele. De onde o senhor desencantou essa preciosidade? Mas, brincadeiras à parte, será possível que goste desse tipo de livro, Makar Alieksiêievitch? Prometeram-me arranjar alguma coisa para ler por esses dias. Também os compartilharei com o senhor, se quiser. Mas agora até logo. Palavra, não tenho tempo para escrever mais.

V. D.

26 DE JUNHO

Encantadora Várienka! Acontece que eu realmente não li esse livreco, minha filha. A verdade é que dei uma folheada por alto, vejo que é um disparate, escrito unicamente para distrair, para fazer as pessoas rirem; bom, penso, ele deve ser mesmo engraçado; quem sabe a Várienka goste; e então o peguei para lhe enviar.

Mas, olha, Rataziáiev prometeu emprestar-me algo de verdadeiramente literário para ler, e então também terá uns livros, minha filha. Esse Rataziáiev entende disso, é um sabichão; ele mesmo escreve, e como escreve! Tem a pena bem aparada e esbanja estilo; ou seja, é assim com cada palavra — na mais trivial, e, mais ainda, na palavra mais comum, mais vulgar, que eventualmente eu mesmo digo a Faldoni ou a Teresa, até aí ele tem estilo. Tenho frequentado seus serões também. Ficamos fumando, enquanto ele lê para nós, lê por umas cinco horas, e nós só ouvimos. Não é nem literatura, é algo apetitoso! Que encanto, são flores, verdadeiras flores; com cada página se poderia fazer um buquê! É tão gentil,

Gente pobre

73

bondoso e afável. E o que sou eu perto dele, o quê? Nada. É um homem de boa reputação, e eu sou o quê? Simplesmente — não existo, no entanto, também comigo é benevolente. Estou lhe fazendo umas cópias. Só não vá pensar, Várienka, que tem alguma maracutaia nisso, que é só por isso que ele é benevolente comigo, porque tenho feito cópias para ele. Não acredite nesses mexericos, minha filha, não acredite nesses mexericos infames. Não, faço isso por minha livre e espontânea vontade, para agradá-lo, e se ele é benevolente comigo, então isso é porque ele quer me agradar. Eu sei perceber a delicadeza de uma atitude, minha filha. É um homem bom, muito bom, e um escritor incomparável.

A literatura é uma coisa boa, Várienka, muito boa; disso me inteirei anteontem através deles. É algo profundo! É algo que edifica e fortalece o coração das pessoas, e há muito mais coisa, ainda escrita, sobre tudo isso num livro lá que eles têm. Muito bem escrito! A literatura é um quadro, ou seja, em certo sentido um quadro e um espelho; é a expressão da paixão, uma crítica tão fina, um ensinamento edificante e um documento. Isso tudo eu fui pegando em companhia deles. Digo-lhe sinceramente, minha filha, que posso sentar entre eles, ficar ouvindo (e posso até me pôr a fumar cachimbo, como eles fazem) — mas, assim que começam a altercar, a discutir sobre vários assuntos, nessa hora então eu simplesmente boio, nessa hora, minha filha, a pessoas como nós resta puramente ceder o passo. Nisso sou simplesmente um basbaque, me revelo um basbaque, tenho vergonha de mim mesmo; de modo que posso ficar a noite inteira como que procurando ainda que uma palavrinha para meter no assunto geral, mas essa palavrinha parece que de propósito não existe. E a gente lamenta por si mesmo, Várienka, por não ser assim como eles; é o que diz o ditado — cresceu, mas inteligência não adquiriu. E o que faço eu agora no meu tempo livre? Estúpido como sou, durmo. Pois, em vez dessas sonecas inúteis, poderia dedicar-me a algo agradável, poderia, por exemplo, sentar e me pôr a escrever. Seria útil para mim e bom para os outros. É isso mesmo, minha filha, precisa ver o que eles ganham com isso, que Deus os perdoe! Veja Rataziáiev mesmo — quanto ele cobra! O que é para ele escrever uma folha? Há dias em que chega a escrever cinco, e diz que cobra trezentos rublos por folha. Escreve lá uma anedotazinha qualquer ou algum caso curioso — são quinhentos, a pessoa dê ou não, por mais que se estrebuche, se quiser é assim! se não, da próxima vez são mil que vamos embolsar! Que tal, Varvara Alieksiêievna? Quer mais? Ele tem lá um caderninho de poesias, e só poesias bem pequenas — está pedindo sete mil por ele, imagine, minha filha, sete mil. Pois isso é como uma propriedade, um prédio de aluguel. Diz que lhe oferecem cinco mil, mas ele não aceita. Eu tento chamá-lo à razão, digo — aceite, meu filho, os cinco mil deles, e eles que se danem — pois cinco mil é muito dinheiro! Não, diz, vão ter de dar sete, os malandros. É mesmo bem esperto!

E já que toquei no assunto, minha filha, então vou copiar-lhe um pedacinho das *Paixões italianas*. É assim que se chama uma obra dele. Pois leia, Várienka, e julgue por si mesma:

"... Vladímir estremeceu, em seu íntimo borbulhavam furiosamente as paixões, e o sangue ferveu...

— Condessa — exclamou ele —, condessa! Sabe a senhora quão terrível é essa paixão e quão ilimitada é essa loucura? Não, meus sonhos não me enganaram! Amo, amo com arrebatamento, com fúria e com loucura! Todo o sangue de seu marido não chegaria para aplacar o arrebatamento furioso e borbulhante de minha alma! Esses obstáculos miseráveis não deterão o fogo infernal e dilacerante que sulca meu peito extenuado. Oh, Zinaída, Zinaída!...

— Vladímir — sussurrou a condessa fora de si, reclinando-se sobre o ombro dele.

— Zinaída! — gritou Smiélski, em êxtase.

De seu peito evaporou-se um suspiro. O incêndio irrompeu em chamas vivas no altar do amor e sulcou o peito dos desgraçados sofredores.

— Vladímir! — sussurrava em êxtase a condessa. Arfava-lhe o peito, enrubesciam-se-lhe as faces, os olhos brilhavam...

Um novo e terrível matrimônio fora consumado! ....
....

Meia hora depois o velho conde entrou no *boudoir* de sua esposa.

— Mas, alminha, por que é que não mandou preparar o samovar para o nosso querido hóspede? — disse ele, afagando o rosto da esposa."

E agora eu lhe pergunto, minha filha, depois disso — o que acha? É verdade que é um pouquinho livre, isso nem se discute, mas em compensação é bom. Que é bom, não dá para negar! E agora, se me permite, copio-lhe ainda um fragmentozinho da novela *Iermák e Ziuliêika*.[19]

Imagine, minha filha, que o cossaco Iermák, o terrível conquistador selvagem da Sibéria, enamora-se de Ziuliêika, filha do tsar siberiano Kutchum, e a captura, fazendo-a cativa. O acontecimento se passa justamente na época de Ivan, o Terrível, como pode ver. Eis uma conversa entre Iermák e Ziuliêika:

"— Você me ama, Ziuliêika! Oh, repete-o, repete-o!...

— Eu te amo, Iermák — sussurrou Ziuliêika.

— Agradeço ao céu e à terra! sou feliz!... Concedeste-me tudo, tudo aquilo com que desde os anos de adolescência ansiava meu espírito agitado. Eis para onde me conduzia minha estrela guia; foi então por isso que me trouxestes até aqui, para além do Cinturão de Pedra! Hei de mostrar a todo o mundo a minha Ziuliêika, e os homens, esses monstros raivosos, não ousarão acusar-me. Oh, se eles pudessem en-

---

[19] Iermák: chefe cossaco, herói de canções populares, morto em batalha com Kutchum em 1585. (N. da T.)

tender os sofrimentos secretos de sua alma terna, se fossem capazes de ver um poema inteiro numa única lagrimazinha de minha Ziuliêika! Oh, deixa-me enxugar essa lagrimazinha com meus beijos, deixe-me beber essa lagrimazinha celestial... etérea!

— Iermák — disse Ziuliêika —, o mundo é mau, os homens são injustos! Hão de nos perseguir e de nos condenar, meu querido Iermák! O que uma pobre moça, que cresceu em meio às neves nativas da Sibéria, na iurta de seu pai, há de fazer em seu mundo frio, gelado, desalmado, cheio de amor-próprio? Os homens não serão capazes de compreender-me, meu amado, meu adorado!

— Então o sabre cossaco há de se erguer sobre eles e silvar — gritou Iermák, revirando os olhos como um selvagem."

Imagine agora o estado de Iermák, Várienka, ao ficar sabendo que sua Ziuliêika fora degolada. O velho cego Kutchum, aproveitando a ausência de Iermák, penetrou em sua tenda na escuridão da noite e esfaqueou a filha, desejando assim assestar um golpe mortal em Iermák, que o privara do cetro e da coroa.

"— Como é bom friccionar o ferro na pedra! — gritou Iermák, com uma fúria selvagem, afiando sua faca de Damasco sobre a pedra do xamã. — Preciso de sangue, do sangue deles! Eles têm de ser serrados, serrados, serrados!!!"

E depois disso tudo, Iermák, sem ânimo para prosseguir vivendo sem sua Ziuliêika, atira-se no Irtich, e com isso termina tudo.

Bem, este, por exemplo, é um trechinho pequeno, num gênero de descrição cômica, escrito expressamente para fazer rir:

"Então não conhece Ivan Prokófievitch Jioltopuz? Pois é aquele mesmo que mordeu a perna de Prokófi Ivánovitch. Ivan Prokófievitch é um homem de caráter rude, mas, em compensação, de virtudes raras; o oposto de Prokófi Ivánovitch, que gosta muitíssimo de nabo com mel. E quando ainda estava fazendo amizade com Pelaguiêia Antônovna... E sabe quem é Pelaguiêia Antônovna? Bem, é aquela que sempre veste a saia do avesso."

É mesmo engraçadíssimo, Várienka, simplesmente engraçadíssimo! Rolamos de rir quando ele leu isso para nós. Do jeito que é, que Deus o perdoe! Aliás, minha filha, mesmo que seja uma coisa meio alambicada e até jocosa demais, em compensação é inocente, não tem uma pontinha sequer de livre-pensamento e de ideias liberais. É preciso observar, minha filha, que a conduta de Rataziáiev é impecável, e por isso é um escritor excelente, não é como os outros escritores.

E sabe que, de fato, às vezes me passa mesmo pela cabeça a ideia de que, se me pusesse a escrever alguma coisa, o que então havia de ser? Suponhamos por exemplo que, de repente, sem mais nem menos, fosse publicado um livro com o título *Poesias de Makar Diévuchkin*! O que teria a dizer sobre isso, meu anjinho? O que ia lhe parecer e o que ia pensar disso? Quanto a mim, minha filha, devo dizer que, assim que esse meu livro fosse publicado, então eu, decididamente, não me atreveria a aparecer na Niévski.[20] Pois como havia de ser quando um qualquer dissesse que é Diévuchkin, o escritor de literatura e poeta, em pessoa, que está passando, e dissessem é Diévuchkin mesmo, em pessoa! O que é que eu, então, por exemplo, haveria de fazer com as minhas botas? É que elas, digo-lhe de passagem, minha filha, estão quase sempre cheias de remendos, e as solas também, para dizer a verdade, às vezes se despregam de modo bem indecoroso. O que havia de acontecer quando todos soubessem que as botas do escritor Diévuchkin têm remendos! E se alguma condessa-duquesa, então, ficasse sabendo, o que iria dizer, alminha? Ela mesma pode ser que nem reparasse; já que, suponho eu,

[20] Principal avenida de Petersburgo. (N. da T.)

condessas não se preocupam com botas, e ainda mais as botas de um funcionário (mesmo porque há botas e botas). Além do que, já lhe teriam contado tudo; meus próprios companheiros haveriam de me trair. Rataziáiev mesmo seria o primeiro a me trair; ele frequenta a casa da condessa V. regularmente; diz até que a visita toda vez que passa por ali, sem cerimônias. Diz que ela é um encanto, uma verdadeira dama literária. É um espertalhão esse Rataziáiev!

Mas, enfim, chega desse assunto; pois escrevo isso tudo assim só por brincadeira, meu anjinho, para entretê-la. Até logo, minha pombinha! Escrevinhei muita coisa aqui, mas isso, no fundo, é porque hoje estou muito bem-disposto. Hoje almoçamos todos juntos no quarto de Rataziáiev (são uns pândegos, minha filha!), e puseram na roda um licor que... mas para que lhe contar sobre isso! Ora, veja lá, não vá se pôr a pensar coisas de mim, Várienka. Pois foi só isso. Hei de enviar-lhe um livro sem falta... Estão passando aqui, de mão em mão, uma obra de Paul de Kock,[21] mas às suas, minha filha, Paul de Kock não chega... Não e não! Paul de Kock não é para a senhorita. Dizem que ele, minha filha, tem provocado em todos os críticos de Petersburgo uma nobre indignação. Mando-lhe uma libra de balinhas, compradas especialmente para você. Coma, alminha, e a cada balinha lembre-se de mim. Mas não morda as balas, é melhor chupá-las, senão vão doer-lhe os dentes. Mas talvez goste também de frutas cristalizadas? Escreva dizendo. Então, até logo, até logo. Fique com Deus, minha pombinha. Permanecerei para sempre

seu fidelíssimo amigo,
Makar Diévuchkin

[21] Popular romancista francês (1793-1871) cujas obras a crítica reacionária russa dos anos 1840 considerava imorais. (N. da E.)

27 DE JUNHO

Prezado senhor
Makar Alieksiêievitch!

Fiódora diz que, se eu quiser, há algumas pessoas que com prazer poderiam se interessar pela minha situação e conseguir para mim uma boa colocação como preceptora numa certa casa. O que acha, meu amigo — devo aceitar ou não? E depois, é claro que deixaria então de ser-lhe um peso, e além disso o emprego parece ser vantajoso; mas, por outro lado, parece terrível ter de ir para a casa de estranhos. Trata-se de uns proprietários rurais. Se começarem a tirar informações a meu respeito, se começarem a interrogar, a ter curiosidade — o que hei então de lhes dizer? E, além do mais, sou uma pessoa tão arredia e insociável; gosto de me estabelecer no cantinho que me é familiar por muito tempo. O lugar ao qual estamos habituados parece sempre melhor: ainda que seja uma vida difícil, mesmo assim é melhor. E, além do mais, tem a partida, e, ainda por cima, sabe Deus qual será o serviço; pode ser que me ponham simplesmente para cuidar das crianças. E é uma gente que já está trocando de preceptora pela terceira vez em dois anos. Aconselhe-me, então, Makar Alieksiêievitch, pelo amor de Deus, devo ir ou não? Mas por que o senhor mesmo nunca vem me visitar? é tão raro dar as caras. Só nos vemos praticamente aos domingos na missa. É tão pouco sociável! É igualzinho a mim! Pudera, sou praticamente sua parenta. Não gosta de mim, Makar Alieksiêievitch, e às vezes acontece de me sentir muito triste sozinha. Tem dias, sobretudo ao anoitecer, em que fico sozinha, completamente só. Quando Fiódora sai para ir a algum lugar. Então sento e me ponho a pensar — a me lembrar de tudo o que passou, das alegrias e das tristezas —, tudo me vem diante dos olhos, tudo muito rapidamente, como se saísse de um

80   Fiódor Dostoiévski

nevoeiro. Surgem rostos familiares (começo a ver tudo como se fosse ao vivo) — é minha mãezinha que vejo com mais frequência... Tenho cada sonho! Sinto que minha saúde está abalada; estou tão fraca; hoje mesmo, quando me levantava da cama de manhã, me senti mal; e, ainda por cima, ando com uma tosse tão feia! Sei que vou morrer em breve, eu sinto isso. Haverá quem faça o meu enterro? Haverá quem acompanhe o meu caixão? Haverá quem chore por mim?... E se me acontecer de morrer num lugar estranho, em casa de estranhos, num canto alheio!... Meu Deus, como é penoso viver, Makar Alieksiêievitch! Por que, meu amigo, vive me empanturrando de balas? É sério, não sei de onde tira tanto dinheiro. Ah, meu amigo, guarde o dinheiro, pelo amor de Deus, guarde-o. Fiódora está vendendo um tapete que bordei, vão dar cinquenta rublos em notas por ele. Isso é muito bom: eu achava que seria menos. Darei três rublos a Fiódora e farei um vestidinho para mim, bem simples e quentinho. Para o senhor farei um colete, eu mesma o farei e escolherei um bom tecido.

Fiódora arranjou-me um livro — os *Contos de Biélkin*,[22] que lhe estou enviando, caso queira ler. Só lhe peço, por favor, que não o suje nem o retenha por muito tempo: o livro é emprestado; é uma obra de Púchkin. Há dois anos li estas novelas com a mãezinha, e agora me senti tão triste ao relê-las. Se tiver alguns livros à mão, mande-os para mim — mas apenas no caso de não tê-los pego de Rataziáiev. Ele certamente daria obras suas, se é que publicou alguma coisa. Como pode gostar do que ele escreve, Makar Alieksiêievitch? É um verdadeiro disparate... Bem, até logo! como tagarelei! Quando estou triste, gosto de tagarelar, seja lá sobre o que for. É um remédio: sinto um alívio imediato, especial-

---

[22] *Contos do finado Ivan Pietróvitch Biélkin* (1831), de A. S. Púchkin. (N. da T.)

mente se digo tudo o que me vai no coração. Até logo, até logo, meu amigo!

Sua
V. D.

28 DE JUNHO

Varvara Alieksiêievna, minha filha!

Pare de se atormentar! Devia se envergonhar disso! Pois então chega, meu anjinho; como puderam lhe passar pela cabeça semelhantes pensamentos? Não está doente, alminha, não está absolutamente doente, está desabrochando, juro que está desabrochando; anda um pouquinho pálida, mas mesmo assim está desabrochando. E que sonhos são esses que anda tendo, e essas visões! É vergonhoso, minha pombinha, basta; devia ignorar sonhos como esses, simplesmente ignorar. Por que é que eu durmo bem? Por que é que nada acontece comigo? Olhe bem para mim, minha filha. Vivo sossegado, durmo tranquilamente, estou cheio de saúde, em plena forma, dá gosto de ver. Basta, basta, alminha, é vergonhoso! Tem de se emendar. Conheço bem a sua cabecinha, minha filha, qualquer coisa que acontece, já começa a sonhar e a se angustiar. Acabe com isso, alminha, faça-o por mim. Ir trabalhar para alguém? — nunca! Não, não e não! Como pôde lhe ocorrer uma ideia dessas, o que foi que lhe deu? E ainda por cima tem a partida! Por nada, minha filha, haveria de consentir com isso, me armaria com todas as minhas forças contra essa sua intenção. Vendo meu casaco velho e passo a andar pelas ruas só de camisa, mas passar necessidade conosco não vai. Não, Várienka, não, como eu a conheço! Isso é capricho, puro capricho! E o certo é que a única culpada disso tudo é

82   Fiódor Dostoiévski

Fiódora: é evidente que essa paspalhona ficou lhe enfiando essas ideias na cabeça. E não vá acreditar nela, minha filha. Pois, decerto, ainda não sabe de tudo, alminha?... Ela é uma paspalhona, ranzinza e rabugenta; até de seu finado marido deu cabo. Ou, talvez, ela a tenha aborrecido de algum modo? Não, não, minha filha, por nada! Eu mesmo, como haveria de ficar, o que me restaria fazer? Não, Várienka, meu anjo, tire isso da sua cabecinha. O que lhe falta conosco? Só a alegria sem fim que nos proporciona, gosta de nós — então procure viver aí com tranquilidade; costure ou leia, ou então não costure — tanto faz, contanto que fique conosco. Pois julgue por si mesma, o que é que vai parecer isso então?... Está bem, arranjo-lhe uns livros e depois tornamos a sair para passear em algum lugar. Mas chega, minha filha, chega, tome juízo e não diga disparates por causa de uma tolice! Irei visitá-las, e muito em breve, mas para isso aceite a minha confissão sincera e sem rodeios: não está certo, alminha, não está nada certo! É verdade que sou um homem sem estudo e eu mesmo sei que não tenho estudo, que meus estudos são de meia pataca, mas não é isso o que quero dar a entender, não se trata de mim, é em favor de Rataziáiev que intercedo, queira ou não. É meu amigo, e é por isso que intercedo em seu favor. Ele escreve bem, e, de mais a mais, escreve muito, muito bem. Não concordo com a sua opinião e de modo algum posso concordar. A escrita é floreada, entrecortada, com figuras, tem várias ideias; é muito boa! Talvez o tenha lido sem sentimento, Várienka, ou talvez estivesse indisposta quando o leu, zangada com Fiódora por alguma coisa, ou com alguma coisa que não deu certo. Não, leia-o com sentimento, mais propriamente quando se encontrar bem-disposta e contente, quando, por exemplo, estiver com uma balinha na boca — aí é que deve lê-lo. Eu não discuto (e quem está dizendo o contrário?) que há escritores até melhores que Rataziáiev, e até muito melhores, mas eles são bons e Rataziáiev também é bom; eles escrevem bem, mas ele também escreve bem. Ele é um caso à parte, tem um jeito próprio de escrever, e faz muito bem em escrever. Bem, até logo, minha filha; não posso continuar escrevendo, preciso me apressar, tenho coisas para fazer. Veja bem, minha filha, minha estrelinha, acalme-se, e que o Senhor esteja consigo, e eu continuo

seu fiel amigo,

Makar Diévuchkin

p. s. Obrigado pelo livro, minha querida, vou ler o Púchkin também; e hoje, ao entardecer, irei vê-la sem falta.

1º DE JULHO

Meu querido Makar Alieksiêievitch!

Não, meu amigo, não, isso não é vida. Pensei bastante e acho que faço muito mal em recusar uma colocação tão vantajosa. Lá ao menos terei um ganha-pão garantido; hei de me esforçar, de merecer o carinho dessa gente estranha, tentarei até mudar meu temperamento, se for preciso. É claro que é doloroso, que é penoso viver entre pessoas estranhas, procurar favores de estranhos, ocultar os sentimentos e constranger a si próprio, mas Deus há de me ajudar. Não se pode mesmo passar a vida toda isolada das pessoas. Coisas semelhantes já aconteceram comigo. Lembro-me de quando, em outros tempos, ainda pequena, frequentava o internato. Durante o domingo todo, em casa, brinco, pulo e às vezes a mãezinha ralha comigo — mas não importa, sinto alegria no coração e a alma serena. Começa a se aproximar a tarde, uma tristeza mortal se apossa de mim, às nove horas terei de ir para o internato. E lá é tudo estranho, frio, severo, e às segundas-feiras as preceptoras são tão bravas, que às vezes sinto um aperto no peito, tenho vontade de chorar; vou para um cantinho e choro sozinha, escondendo as lágrimas — ou haviam de dizer que era preguiçosa; mas acontece que não é porque tenho de estudar que choro, absolutamente. Mas, e daí? eu me acostumei, e depois, quando saía do internato, chorava do mesmo jeito, ao me despedir de minhas amiguinhas. Sei que faço mal em viver como um peso para vocês dois. Esse pensamento é uma tortura para mim. Digo-lhe tudo isso francamente porque me acostumei a ser franca com o senhor. Então não vejo que a Fiódora levanta todos os dias de manhã cedinho, vai logo para o tanque e trabalha até tarde da noite? — e ossos velhos gostam de repouso. Então não vejo que é por minha causa que fica sem recursos, que põe de lado até o último copeque para depois gastar comigo? e sem ter recursos para isso, meu amigo! Escreve que venderia até a última coisa que tivesse, mas não me deixaria passar necessidades. Eu acredito, meu amigo, acredito em seu bom coração — mas isso é o que diz agora. Agora está com um dinheiro, recebeu uma gratificação inesperada, mas e depois, o que vai acontecer depois? O senhor mesmo sabe que ando sempre doente; não posso trabalhar como o senhor, embora para a minha alma fosse uma alegria, e além disso nem sempre aparece trabalho. O que me resta fazer? Exaurir-me de angústia, ao olhar para vocês dois, meus amigos. Em que lhes posso eu ser ao menos minimamente útil? E por que haveria de lhe ser tão indispensável, meu amigo? O que lhe fiz eu de bom? Apenas afeiçoei-me ao senhor com toda a minha alma, quero-o muito e sinceramente, de todo o coração — mas, que destino amargo o meu! — sei amar e posso amar, mas é só, não me é dado fazer o bem nem pagar-lhe pelos benefícios que me faz. Não tente mais me deter, pense e dê-me sua opinião final. Fico à espera

quem o ama

V. D.

I° DE JULHO

Disparate, Várienka, isso é um disparate, puro disparate! É só deixá-la à vontade, e o que não mete de coisas nessa sua cabecinha. Isso não está certo, aquilo também não está certo! Mas agora eu vejo que isso tudo é um disparate. O que é que lhe falta conosco, minha filha, diga-me apenas isso! É querida por nós e nos quer bem, estamos todos contentes e felizes — o que quer mais? E o que há de fazer em meio a gente estranha? Pois é evidente que ainda não sabe o que é uma pessoa estranha. Não, queira então perguntar a mim e eu lhe direi o que é uma pessoa estranha. Essa eu conheço, minha filha, conheço bem; aconteceu-me de comer do seu pão. Ela é má, Várienka, má, e tão má que seu coraçãozinho não irá aguentar, de tanto que será martirizada com recriminações, censuras e olhares malévolos. Conosco está bem e aquecida — como se estivesse abrigada em um ninho. E, além disso, nos deixaria como que sem cabeça. O que havíamos nós de fazer em sua ausência; e eu, um velho, vou fazer o quê, então? Não nos é necessária? Não serve para nada? Como é que não serve para nada? Não, minha filha, pois pense por si mesma, como é que não serve para nada? Para mim serve muito, Várienka. Tem uma influência muito benéfica... Agora mesmo, penso em você e me sinto feliz... Tem vez que lhe escrevo uma carta e exponho nela todos os meus sentimentos, em troca recebo uma resposta sua em pormenores. Comprei-lhe uma porção de roupinhas, mandei fazer-lhe um chapeuzinho; vez por outra me incumbe de alguma coisa, até da incumbência eu... Ora, como é que não serve para nada? E, além disso, o que hei de fazer sozinho na velhice, para que hei de servir? Talvez nem tenha pensado nisso, Várienka; pois pense justamente nisso — pense só, para que há de servir ele sem mim? Estou acostumado a tê-la por perto, minha querida. Do contrário, o que há de resultar disso?

Vou para o Nievá[23] e encerro o caso. É isso mesmo o que acabaria acontecendo, Várienka; o que mais me restaria a fazer com sua ausência? Ah, Várienka, alminha! Pelo visto, está querendo que um carroceiro me carregue para o Volkovo; que uma velhota mendiga qualquer acompanhe sozinha o meu caixão arrastando os pés, que me cubram de terra e depois saiam, deixando-me lá sozinho. É pecado, minha filha, é pecado! Juro que é pecado! Devolvo-lhe o seu livro, Várienka, minha amiguinha, e se quer minha opinião, minha amiguinha, a respeito do seu livro, o que tenho a dizer é que nunca em minha vida me aconteceu de ler um livro tão bom. E agora me pergunto, minha filha, como foi que eu, Deus me perdoe, pude viver até agora de maneira tão estúpida? O que estava fazendo? De que mato venho eu? Pois não sei mesmo nada, minha filha, não sei nada de nada! absolutamente nada! Digo-lhe sem malícia, Várienka — eu sou um homem sem estudo; li pouco até hoje, li muito pouco, quase nada, aliás: li *Retrato de um homem*,[24] uma obra inteligente; li *O menino que tocava várias músicas em campainhas*[25] e "Os grous de Íbico"[26] — e isso é tudo, nunca li mais nada. Agora li "O chefe da estação"[27] aqui nesse seu livro; e uma coisa lhe digo, minha filha, acontece mesmo de a pessoa viver sem saber que ali, do lado dela, tem um livro no qual toda a sua vida está exposta como os dedos da mão. E coisas que antes, por si mesma, não havia sido capaz de adivinhar; aí, assim que começa a ler num livro desses, já por si mesma vai aos pou-

[23] Rio que atravessa Petersburgo. (N. da T.)

[24] Livro de A. I. Galitch (1783-1848), publicado em São Petersburgo em 1834. (N. da E.)

[25] Romance do escritor francês Ducray-Duminil (1761-1819). Conta a história de um menino que cresceu na pobreza mas que, ao encontrar os pais, de músico ambulante se torna um conde famoso. (N. da E.)

[26] Balada de Schiller (1797), com tradução de Jukóvski. (N da E.)

[27] Um dos *Contos de Biélkin*, de Púchkin. (N. da T.)

Gente pobre

cos recordando, descobrindo e adivinhando tudo. E, por fim, mais um motivo para ter gostado do seu livro: há obras que, por mais que a gente leia e releia, às vezes, por mais que quebre a cabeça — são tão astuciosas que é como se não a entendêssemos. Eu, por exemplo, sou um bronco, sou bronco por natureza, de modo que não posso ler obras demasiado importantes; mas essa a gente lê — e é como se a gente mesmo a tivesse escrito, para dar um exemplo, é exatamente como se a pessoa pegasse o próprio coração, seja lá ele como for, o virasse do avesso para os outros verem, e aí descrevesse tudo em pormenores — é exatamente assim! E é uma coisa tão simples, meu Deus; a tal ponto! que, realmente, eu também teria escrito do mesmo jeito; e por que não havia de escrever? Pois sinto a mesma coisa, exatamente como está no livro, e, mais ainda, tem vez que eu mesmo me encontro em situações parecidas, por exemplo, com a desse coitado do Samson Vírin.[28] E, além disso, quantos Samsons Vírins não andam entre nós mesmos, e todos igualmente uns pobres-diabos amorosos? E que bem descrito está tudo! Por pouco não chorei, minha filha, ao ler que se entregou à bebida, o infeliz, tanto que não só perdeu a memória como se tornou uma pessoa amarga, que passa o dia inteiro dormindo sob um casaco de pele de ovelha e afogando o desgosto com ponche, que chora queixosamente e limpa os olhos com a aba suja do seu casaco, ao se lembrar de sua ovelha tresmalhada, sua filhinha Dúniacha![29] Não, isso é natural! Pois leia então; isso é natural! Isso é real! Eu mesmo vi isso — eu mesmo convivo com isso tudo; veja a própria Teresa — para que ir mais longe! — e ainda que fosse o nosso pobre funcionário — pois ele pode ser esse mesmo Samson Vírin, só que com outro nome, *Gorchkov*. Esse é um caso comum, minha filha, pode acontecer comigo e até consigo. E um conde que mora na Niévski ou

[28] Personagem de "O chefe da estação", de Púchkin. (N. da T.)

[29] Diminutivo do nome Avdótia. (N. da T.)

na Marginal, também ele poderá passar por isso, só vai parecer diferente porque eles fazem as coisas do jeito deles, de acordo com o bom-tom, mas também ele poderá experimentar a mesma coisa, tudo pode acontecer, também comigo isso pode acontecer. É assim mesmo que as coisas são, minha filha, e no entanto quer se apartar de nós; pois o vício, Várienka, pode me pegar. E pode causar tanto a minha como a sua própria perdição. Ah, minha estrelinha, pelo amor de Deus, tire esses pensamentos voluntariosos todos de sua cabecinha e não me torture inutilmente. E como, meu filhote de passarinho implume, fragilzinho, como é que fará para ganhar sozinha o próprio sustento, para se proteger da perdição, para se defender das pessoas malvadas?! Basta, Várienka, tome juízo; não dê ouvidos a conversas e a conselhos insensatos, e torne a ler o seu livro, leia com atenção: isso lhe será útil.

Falei sobre "O chefe da estação" com Rataziáiev. Ele me disse que isso tudo está ultrapassado e que agora só saem livros com ilustrações e descrições diversas;[30] eu, para dizer a verdade, não entendi muito bem o que ele quis dizer com isso. Concluiu dizendo que Púchkin é bom, que enalteceu a santa Rússia, e falou ainda uma porção de coisas sobre ele. Realmente, é muito bom, Várienka, muito bom mesmo; pois torne a ler esse livro com atenção, siga os meus conselhos e faça este velho feliz com sua obediência. E então o próprio Senhor há de recompensá-la, minha querida, com certeza há de recompensá-la.

Seu amigo sincero

Makar Diévuchkin

---

[30] A década de 1840 foi uma época de ampla divulgação na Rússia do "ensaio fisiológico". Semelhantes ensaios ("descrições") vinham geralmente acompanhados de representações de gravuras (figuras) que correspondiam a "tipos", isto é, representantes das diversas classes e profissões. (N. da T.)

6 DE JULHO

Prezado senhor Makar Alieksiêievitch!

Fiódora trouxe-me hoje quinze rublos de prata. Coitada, como ficou feliz, quando lhe dei três rublos! Escrevo-lhe às pressas. Estou agora cortando o seu colete — que encanto é o tecido — amarelinho com florzinhas. Envio-lhe um livro, há várias novelas aqui; li algumas delas; leia uma que se chama "O capote".[31] Quer me convencer a irmos ao teatro; será que isso não sairá caro? Só se for em algum lugar na galeria. Faz muito tempo já que não vou ao teatro, para dizer a verdade, nem lembro quanto. O que me preocupa é se esse capricho não vai sair caro. Fiódora só faz abanar a cabeça. Ela diz que o senhor não está absolutamente vivendo de acordo com suas posses; e, além do mais, eu mesma percebo isso; só comigo, o tanto que já gastou! Veja lá, meu amigo, se não ficará em dificuldades. Fiódora falou-me também de certos rumores — que o senhor, parece, teve uma discussão com a sua senhoria por não lhe ter pago um dinheiro; temo muito pelo senhor. Bem, até logo, estou com pressa. Tenho um pequeno trabalho; estou trocando as fitas de um chapéu.

V. D.

P. S. Sabe, se formos ao teatro, então usarei meu chapéu novo e uma mantilha preta nos ombros. O que acha, ficará bom?

---

[31] Famoso conto de Gógol. (N. da T.)

7 DE JULHO

Prezada senhora Varvara Alieksiêievna!

... Pois bem, ainda a respeito de ontem. Sim, minha filha, houve um tempo em que também eu fazia as minhas loucuras. Apaixonei-me por aquela atriz, fiquei perdido de amor; mas isso ainda não foi nada; o mais estranho é que quase não a via absolutamente, no teatro estivera uma única vez, e a despeito disso tudo me apaixonei. Morava então de parede-meia com cinco rapazes, uma gente jovem, fogueteira. Juntei-me a eles, foi sem querer que me juntei, embora tivesse sempre mantido deles o distanciamento conveniente. Mas, para não lhes ficar atrás, eu mesmo lhes fazia coro em tudo. As coisas que diziam daquela atriz! Toda noite, sempre que havia espetáculo, ia a turma toda — para as coisas necessárias eles nunca tinham um tostão sequer —, ia a turma toda para o teatro, para as galerias, e olha que não param de aplaudir, de chamar essa atriz — ficam simplesmente possuídos! Depois não me deixavam dormir; passavam a noite toda falando dela, cada um deles a chamava de a sua Glacha, todos apaixonados por ela, pela mesma pessoa, todos com o mesmo canário no coração. Acabaram por contagiar também a mim, indefeso; eu ainda era mocinho na época. Nem mesmo sei como fui parar com eles no teatro, nas galerias, no quarto andar. Ver, mesmo, só via uma beiradinha da cortina, mas em compensação ouvia tudo. A atriz tinha uma vozinha realmente linda — sonora, melíflua, de rouxinol! Aplaudíamos até nos doerem as mãos, sem parar de gritar — resumindo, por pouco não vieram atrás de nós, e, realmente, um deles foi até posto para fora. Ao chegar em casa, pus-me a andar como que embriagado! No bolso, só me restara um simples rublo, e até o pagamento tinha ainda uns bons dez dias. E o que acha que fiz, minha filha? No dia seguinte, antes de ir para o serviço, virei em direção à perfumaria de um francês e com-

Gente pobre

91

prei dele perfumes e um sabonete perfumado com todo o capital — nem eu mesmo sei, para que comprei isso tudo então? E, além do mais, não almocei em casa, fiquei o tempo todo rondando sua janela. Ela morava na Niévski, num terceiro andar. Fui para casa, descansei lá uma horinha e tornei a ir para a Niévski, só para passar perto de sua janelinha. Passei um mês e meio andando para lá e para cá, arrastando-lhe asas; contratava cocheiros de carros de praça a todo momento e não parava de passar perto de sua janela; fiquei completamente extenuado, endividado, até que de repente deixei de amá-la: estava farto! Pois veja a que estado uma atriz pode levar um homem decente, minha filha! Pudera, na época eu era mocinho, muito mocinho!...

M. D.

8 DE JULHO

Minha prezada senhora
Varvara Alieksiêievna!

Apresso-me a lhe devolver seu livro, que recebi no dia 6 deste mês, e apresso-me, ao mesmo tempo, nesta minha carta, a dar-lhe algumas explicações. Fez mal, minha filha, fez mal em me colocar em tal extremo. Permita-me, minha filha: qualquer condição que caiba ao homem é determinada pelo Todo Poderoso. A um foi determinado usar dragonas de general, a outro, a servir como conselheiro titular,[32] a este a mandar, àquele a obedecer, submisso e amedrontado. Isso já

---

[32] Referência ao personagem de "O capote", de Gógol, que é conselheiro titular, o nono dos catorze graus hierárquicos de classificação dos funcionários russos da época. (N. da T.)

Fiódor Dostoiévski

é calculado de acordo com a capacidade da pessoa; esta tem capacidade para uma coisa, enquanto aquela, para outra, e as capacidades são concedidas pelo próprio Deus. Já tenho por volta de trinta anos de serviço; meu trabalho é irrepreensível, meu comportamento é sóbrio e nunca incorri em qualquer desordem. Como cidadão considero-me, de acordo com a minha própria consciência, alguém que possui seus defeitos e, ao mesmo tempo, virtudes. Sou respeitado pelos chefes e Sua Excelência mesma está satisfeita comigo; e embora até hoje ainda não me tenha dado mostras particulares de bem-querência, no entanto sei que está satisfeita. Cheguei à idade dos cabelos brancos; não sei o que é cometer um pecado grave. É claro, quem não tem pequenos pecados? Pecador, qualquer um é, até mesmo você é pecadora, minha filha! Porém, nunca fui repreendido por maiores contravenções e por insubordinação, para desse modo me opor a algum regulamento, ou por violar a ordem pública, nunca fui repreendido por isso, isso nunca aconteceu. Já estive até para receber uma condecoração — mas para que isso agora! Devia ter consciência disso tudo, minha filha, ele[33] também devia sabê-lo; já que se pôs a descrever, então deveria saber tudo. Não, nunca julguei que fosse capaz disso, minha filha; não mesmo, Várienka! Pois era justamente de você que não esperava uma coisa dessas.

Como! Quer dizer então que, depois disso, você não pode sequer viver resignadamente, no próprio cantinho — seja ele como for —, viver sem turvar a água, como diz o ditado, sem perturbar ninguém, conhecendo apenas a si próprio e o temor a Deus, para não vir a ser perturbado também, para que não se enfiem também em seu cubículo para espiar o que você faz, quer dizer, como você é no sossego da sua privacidade, se, por exemplo, tem um bom colete, se tem a devida roupa íntima; se tem botas e com o que estão pregadas; o que

[33] O "ele" se refere a Gógol. (N. da T.)

Gente pobre

você come, o que você bebe, o que você copia?... E, além do mais, o que é que tem que eu, minha filha, nem que seja onde a calçada é ruinzinha, passe às vezes na pontinha dos pés para poupar a bota! Para que escrever sobre o outro que, por exemplo, vez por outra ele passa por necessidades, não toma chá? Como se todo mundo tivesse a obrigação de tomar chá! E por acaso fico eu olhando para a boca de cada um, para ver o que está mastigando? Quem foi que eu ofendi a tal ponto? Não, minha filha, para que ofender os outros quando não estão perturbando! Veja, Varvara Alieksiêievna, vou dar um exemplo, veja o que isso significa: você trabalha, trabalha, com todo zelo e aplicação — ora! — e o próprio chefe o respeita (seja lá como for, mas o respeita) — mas eis que vem alguém e bem debaixo do seu nariz, sem qualquer motivo aparente, sem mais nem menos, lhe arma uma pasquinada. É claro, é verdade que vez por outra você manda coser algo novo para si mesmo — fica alegre, não dorme, de tanta alegria, calça a bota nova, por exemplo, com tal voluptuosidade —, isso é verdade, já experimentei essa sensação, porque é agradável ver nossos pés com uma bota fina, elegante — isso está descrito com fidelidade! Mas mesmo assim, sinceramente, me admira muito que esse Fiódor Fiódorovitch[34] tenha deixado passar inadvertidamente um livro desses e não tenha se defendido. É verdade que ele é um alto funcionário ainda jovem e por vezes gosta de gritar, mas e por que não havia de gritar? E por que não havia de ralhar, se com o nosso pessoal há a necessidade de ralhar? Bem, convenhamos então, por exemplo, que para manter o tom seja necessário ralhar — para manter o tom também é permitido —, é preciso que nos habituemos; é preciso que haja medo; porque — isso aqui entre nós, Várienka — o nosso pessoal não faz nada se não lhe metem medo, qualquer um faz de um tudo para ape-

[34] Referência, com o nome trocado, a Akáki Akákievitch, o personagem de "O capote". (N. da T.)

nas constar em algum emprego, para poder dizer, trabalho nisso, naquilo, mas do serviço, mesmo, quer distância e se esquiva. Mas assim como há diversas graduações e cada graduação exige um tipo de admoestação que lhe corresponda perfeitamente, então é natural que depois disso também o tom da admoestação tenha graduações variadas — é a ordem natural das coisas! Pois é nisso mesmo que se assenta o mundo, minha filha, em cada um de nós dar o tom para o outro, em cada um de nós poder ralhar com o outro. Sem essa precaução não haveria ordem natural nem o mundo se manteria. O que realmente me admira é que Fiódor Fiódorovitch tenha deixado uma ofensa dessas passar inadvertidamente!

E para que escrever essas coisas? Para que serve isso? Será que por isso algum leitor vai me fazer um capote? Ou me comprar um novo par de botas? Não, Várienka, vai terminar de ler e ainda exigir continuação. Às vezes você se esconde, se esconde, oculta-se naquilo que não domina, tem medo por vezes de mostrar o nariz seja onde for, porque teme os mexericos, porque, de tudo o que há no mundo, de tudo lhe armam uma pasquinada, e eis que toda a sua vida civil e familiar anda pela literatura, tudo impresso, lido, ridicularizado, bisbilhotado! E com isso nem na rua você pode mais se mostrar; pois aqui isso tudo está tão bem demonstrado que, agora, pode-se reconhecer um dos nossos só pelo andar. Se ao menos no final que fosse ele tivesse corrigido, suavizado alguma coisa, se tivesse posto, por exemplo — ainda que depois daquele ponto em que despejam papeizinhos na cabeça dele — que, afinal, apesar disso tudo, ele era um bom cidadão, virtuoso, que não merecia semelhante tratamento por parte dos companheiros, que era obediente aos superiores (nesse ponto ele podia dar um exemplo qualquer), que não desejava mal a ninguém, que acreditava em Deus e que sua morte (se ele queria necessariamente que ele morresse) fora lamentada. Melhor mesmo seria não deixá-lo morrer, pobrezinho, e fazer as coisas de maneira que encontrassem o capo-

Gente pobre

te, que aquele general, ao se inteirar melhor dos pormenores acerca de suas virtudes, o transferisse para a sua repartição, elevasse a sua graduação e lhe desse um bom ordenado, de modo que veja só como ficariam as coisas: o mal seria castigado, a virtude triunfaria, e os companheiros todos de repartição ficariam sem nada. Eu, por exemplo, teria feito assim; mas, como está, o que é que tem de especial nisso, o que há de bom nisso? Não passa de um exemplo trivial, banal, da vida cotidiana. Mas como teve a coragem, minha querida, de me mandar um livro desses? Pois é um livro mal-intencionado, Várienka; isso é simplesmente inverossímil, porque não pode sequer ser possível que haja um funcionário assim. E, mais, depois de ler uma coisa dessas, é o caso de dar queixa, Várienka, e queixa formal.

Seu mais submisso criado
Makar Diévuchkin

27 DE JULHO

Prezado senhor Makar Alieksiêievitch!

Os últimos acontecimentos e suas cartas deixaram-me assustada e pasma, fiquei perplexa, mas o que me contou Fiódora elucida tudo. Que motivo havia para se desesperar tanto e cair de repente nesse abismo em que caiu, Makar Alieksiêievitch? Suas explicações não me satisfizeram absolutamente. Vê agora como eu tinha razão quando insistia em aceitar aquele emprego tão vantajoso que me propunham? Além disso, estou seriamente assustada com minha mais recente aventura. O senhor diz que o amor que tem por mim o obrigava a ocultar-me muita coisa. Na época mesmo eu já percebia que lhe era em muito devedora, quando me assegurava que gastava comigo somente o dinheiro que tinha de reserva, que, como dizia, deixava em sua casa de penhores para o caso de uma eventualidade. Mas agora que soube que não tinha nenhum dinheiro absolutamente, que, ao saber por acaso da minha situação de pobreza e se comover com ela decidira despender comigo seu ordenado, tomando-o adiantado, e que vendeu inclusive a sua roupa, quando fiquei doente — agora que descobri essas coisas todas vejo-me numa situação tão torturante que ainda nem sei o que pensar e como encarar tudo isso. Ah, Makar Alieksiêievitch! devia ter se limitado aos primeiros auxílios, inspirados pela compaixão e pelo amor de parente, e não ficar esbanjando dinheiro posteriormente em coisas desnecessárias. O senhor traiu nossa amizade, Makar Alieksiêievitch, por não ter sido sincero comigo, e agora, ao ver que gastou seus últimos recursos com roupas, balas e livros para mim, com teatro — por tudo isso agora estou pagando caro com o remorso por minha leviandade imperdoável (já que aceitava tudo sem me preocupar), e tudo aquilo com o que quis me proporcionar prazer converteu-se agora em desgosto para mim e por si mesmo não deixou nada além de um remorso inútil. Reparei em sua tristeza nos últimos tempos, e embora eu mesma estivesse com um pressentimento triste, o que aconteceu agora sequer me passava pela cabeça. Pois como pôde perder o ânimo a esse ponto, Makar Alieksiêievitch! E o que hão de pensar agora do senhor, o que hão de dizer todos os que o conhecem? O senhor, a quem eu e todo mundo respeitava pela bondade de sua alma, por sua modéstia e sensatez, caiu de repente num vício tão abominável que, segundo parece, nunca havia sido notado antes. Nem sei o que senti quando Fiódora contou-me que o encontraram na rua embriagado e que fora levado para casa pela polícia! Fiquei petrificada de assombro, embora já esperasse algo de extraordinário, já que fazia quatro dias que estava sumido. Mas o senhor já pensou, Makar Alieksiêievitch, o que hão de dizer os seus chefes quando souberem o

Gente pobre

97

verdadeiro motivo de suas faltas? Diz que todos riem do senhor; que todos ficaram sabendo de nossa ligação, e que seus vizinhos mencionam também a mim em suas zombarias. Não se preocupe com isso, Makar Alieksiêievitch, e, pelo amor de Deus, acalme-se. Assusta-me também a sua história com esses oficiais, ouvi alguma coisa por alto sobre ela. Quero que me explique bem, o que significa isso tudo? Escreve que tinha receio de se abrir comigo, que temia perder minha amizade com sua confissão, que estava desesperado, sem saber como me ajudar em minha doença, que vendera tudo para me sustentar e não me deixar ir para o hospital, que se endividou o quanto pôde e que tem tido aborrecimentos com a sua senhoria todos os dias — no entanto, ao esconder de mim tudo isso, optou pela pior escolha. Mas agora estou a par de tudo. Sentia vergonha de me obrigar a reconhecer que era a causa de seu infortúnio, só que agora causou-me duas vezes mais desgosto com seu comportamento. Tudo isso me deixou pasma, Makar Alieksiêievitch. Ah, meu amigo! A infelicidade é uma doença contagiosa. Os pobres e os desgraçados devem se afastar uns dos outros, para não se contagiarem ainda mais. Acarretei-lhe infelicidades que o senhor nunca antes, em sua vida modesta e solitária, havia experimentado.

Escreva-me agora contando com franqueza tudo o que lhe aconteceu e como se atreveu a agir assim. Tranquilize-me, se for possível. Não é o amor-próprio que me obriga a falar agora de minha tranquilidade, mas minha amizade e meu amor pelo senhor, que nada poderá afugentar do meu coração. Até logo, Makar Alieksiêievitch. Aguardo com impaciência a sua resposta. O senhor chegou a pensar mal de mim, Makar Alieksiêievitch.

De quem o ama de todo coração
Varvara Dobrosiólova

Fiódor Dostoiévski

28 DE JULHO

Minha inestimável Varvara Alieksiêievna!

Bem, agora que tudo já passou e as coisas aos poucos estão voltando ao que eram antes, então veja o que vou lhe dizer, minha filha: está preocupada com o que hão de pensar de mim, ao que me apresso a informá-la, Varvara Alieksiêievna, que minha vaidade é o que tenho de mais caro. E por isso, ao colocá-la a par das minhas desgraças e de todas estas confusões, quero que saiba que nenhum dos chefes sabe de nada ainda, nem há de saber, de modo que todos eles hão de nutrir por mim o respeito de antes. Temo apenas uma coisa: temo os mexericos. Aqui em casa a senhoria grita, mas agora que lhe paguei parte da dívida, com a ajuda de seus dez rublos, limita-se a resmungar, e mais nada. Quanto aos outros, também não há problema; contanto que não lhes peça dinheiro emprestado, não há problema. E para concluir minhas explicações lhe direi, minha filha, que considero o seu respeito por mim superior a tudo nesse mundo e com ele me consolo agora por meus desvarios temporários. Graças a Deus que o primeiro impacto e os primeiros transes já passaram e que não encarou isso de maneira a me considerar um amigo pérfido e egoísta por tê-la prendido aqui a mim e enganado-a, por não ter forças para me separar de você e amá-la como o meu anjinho. Voltei a trabalhar com zelo e a cumprir bem as minhas obrigações. Evstáfi Ivánovitch não disse uma palavra ontem, quando passei ao seu lado. Não vou lhe esconder, minha filha, que as minhas dívidas e o péssimo estado do meu guarda-roupa estão me consumindo, mas isso também não tem importância, e quanto a isso também lhe imploro — não se desespere, minha filha. Manda-me mais uma moeda de cinquenta copeques, Várienka, e essa moeda traspassou-me o coração. Veja no que deu isso! quer dizer, não sou eu, este velho imbecil, a ajudá-la, meu anjinho, mas você,

Gente pobre

99

minha pobre orfãzinha, a mim! A Fiódora fez muito bem em arranjar dinheiro. Eu, por enquanto, minha filha, não tenho qualquer esperança de receber nada, mas, assim que renascer alguma esperança, então tornarei a lhe escrever tudo em pormenores. Mas são os mexericos que me preocupam mais do que tudo, os mexericos. Até logo, meu anjinho. Beijo-lhe a mãozinha e suplico-lhe que fique boa. Não escrevo com mais detalhes porque tenho pressa de ir para o trabalho, já que, com esforço e zelo, quero redimir toda a minha culpa de negligência no serviço; já a continuação da narrativa, sobre todos os incidentes e a aventura com os oficiais, adio até a noite.

De quem a respeita e a ama de coração
Makar Diévuchkin

28 DE JULHO

Ah, Várienka, Várienka! Pois dessa vez a culpa é justamente sua, e há de pesar na sua consciência. Com essa sua cartinha, deixou-me desorientado, desconcertado, e só agora que estou com tempo pude penetrar fundo em meu coração e ver que eu tinha razão, tinha toda razão. Não é ao meu escândalo que me refiro (deixe-o para lá, minha filha, deixe-o para lá), mas ao fato de amá-la, e amá-la não foi de modo algum uma insensatez da minha parte. Não sabe de nada, minha filha; e olha que se ao menos soubesse o motivo disso tudo, por que devo amá-la, então não diria isso. Fala isso tudo assim apenas com a razão, mas estou convencido de que não é nada disso o que lhe vai no coração.

Minha filha, nem eu mesmo sei, não me lembro bem de tudo o que se passou entre os oficiais e eu. Precisa ver, meu anjinho, que até aquele dia eu andava na mais terrível aflição.

Imagine que já fazia um mês inteiro, por assim dizer, que estava resistindo por um fio. A situação era crítica ao extremo. E era de você, justamente, que a escondia, aqui em casa também, mas a minha senhoria fez barulho e rebuliço. Por mim, não teria importância. Essa imprestável que berrasse à vontade, pois uma coisa é a vergonha, outra coisa é que ela, sabe Deus como, soube da nossa ligação e se pôs a gritar cada coisa a nosso respeito, para toda a casa ouvir, que fiquei aturdido e tapei o ouvido. Acontece que os outros não taparam e, muito pelo contrário, deram ouvidos a ela. E agora, minha filha, não sei onde me meter, não sei...

E aí está, meu anjinho, foi isso tudo, esse montão de desgraças de todo tipo que, definitivamente, acabaram de vez comigo. De repente ouço umas coisas estranhas da boca da Fiódora, que em sua casa havia aparecido um aventureiro indigno e insultado-a com uma proposta indigna; que ele a ofendeu, e ofendeu profundamente, julgo por mim, minha filha, porque também me senti profundamente ofendido. E foi aí, meu anjinho, que perdi as estribeiras, foi aí que fiquei desnorteado, completamente perdido. Saí correndo numa fúria sem precedentes, Várienka, amiga minha, quis ir atrás dele, do ofensor; nem mesmo sabia o que queria fazer, porque não admito, meu anjinho, que a ofendam! Pois bem, foi triste! e na hora a chuva, a lama, me fizeram sentir uma imensa tristeza!.. Até pensei em voltar... Foi aí que me perdi, minha filha. Encontrei Emieliá, Emielián Ilitch, um funcionário, isto é, ele foi funcionário, mas agora não é mais funcionário, porque foi despedido da nossa repartição. Nem sei o que faz agora, de alguma maneira se vira; e então saímos juntos. Nisso, Várienka — bem, mas para que falar disso, o que pode haver de divertido em ler sobre o infortúnio do seu amigo, sobre as suas desgraças e sobre a história das tentações que sofreu? No terceiro dia, à tarde, esse Emielián me instigou e eu fui com ele à casa desse oficial. Seu endereço, pedi ao nosso porteiro. Se quer saber a verdade, minha filha, fazia tempo que estava de olho nesse espertalhão; costumava segui-lo ainda quando alugava um quarto em nossa casa. E só agora vejo que o que fiz foi indecente, porque não estava com um aspecto normal quando fui anunciado a ele. E, para dizer a verdade, Várienka, não me lembro de nada; lembro apenas que em sua casa havia muitos oficiais — ou era eu que via tudo duplicado, sabe Deus. Também não me lembro do que disse, tudo o que sei é que, em minha nobre indignação, falei muito. Bem, foi a essa altura que me expulsaram, foi a essa altura que me atiraram escada abaixo, quer dizer, não que tenham chegado a me atirar, apenas deram-me um empurrão. Como voltei para casa, Várienka, já sabe; e isso é tudo. É claro que me comprometi e que a minha reputação sofreu com isso, mas ninguém sabe de nada, nenhum estranho sabe o que aconteceu, ninguém, além de você, sabe; então, nesse caso, é como se não tivesse acontecido nada. Talvez seja isso mesmo, Várienka, o que acha? O que sei ao certo é que no ano passado em nossa casa, Aksiênti Ossípovitch teve uma audácia desse mesmo tipo contra a pessoa de Piótr Pietróvitch, mas em segredo, ele fez isso em segredo. Ele o fez entrar no quarto do guarda, isso tudo eu vi por uma frestinha; e ali deu as ordens que tinha de dar, mas de maneira distinta, porque, além de mim, ninguém viu nada; e eu não fiz nada, isto é, quero dizer, não me pus a anunciar a ninguém. E mais, depois disso Piótr Pietróvitch e Aksiênti Ossípovitch ficaram de bem. Piótr Pietróvitch, como sabe, é um homem tão vaidoso que ele mesmo não disse nada a ninguém, de modo que agora eles não só se cumprimentam como apertam as mãos. Não estou contestando, Várienka, e nem me atrevo a contestá-la, que me rebaixei demais e, o que é pior, que caí em meu próprio conceito, mas decerto que isso já estava escrito desde que nasci, decerto que esse era o meu destino — e do destino não se foge, como bem sabe. Pois aqui está a explicação pormenorizada dos meus infortúnios e das minhas desditas. Aqui está tudo, Várienka, tal como se passou naquela hora, e que

Fiódor Dostoiévski

nem vale a pena ler. Estou um pouco adoentado, minha filha, e incapaz de qualquer gracejo. Pelo que agora lhe testemunho meu afeto, meu amor e meu respeito e permaneço, minha prezada senhora Varvara Alieksiêievna,

seu mais submisso criado
Makar Diévuchkin

29 DE JULHO

Prezado senhor
Makar Alieksiêievitch!

Li as suas duas cartas e estou pasma! Ouça, meu amigo, ou está me escondendo alguma coisa, e contou-me apenas parte de todas as suas desventuras, ou... de fato, Makar Alieksiêievitch, as suas cartas ainda dão sinais de certa perturbação... Venha visitar-me, pelo amor de Deus, venha hoje; e, ouça, como já sabe, venha sem rodeios, para almoçar conosco. Nem sei ainda como está a sua situação aí e como se arranjou com a sua senhoria. Não escreveu nada sobre isso e parece que se cala de propósito. Então até logo, meu amigo; passe sem falta em nossa casa hoje; e o melhor a fazer seria vir sempre almoçar conosco. A Fiódora cozinha muito bem. Até logo.

Sua
Varvara Dobrosiólova

Gente pobre

1º DE AGOSTO

Varvara Alieksiêievna, minha filha!

Está contente, minha filha, por Deus lhe ter propiciado uma oportunidade de, por sua vez, poder pagar o bem com o bem e agradecer-me. Acredito nisso, Várienka, e acredito na bondade de seu coraçãozinho angelical, e não falo para censurá-la, no entanto, não me acuse, como o fez, de na minha velhice ter ficado confuso. Bem, se houve esse pecado, o que se há de fazer! — a questão é que ouvir isso justamente de você, minha amiguinha, me custa tanto! Mas não se zangue comigo, por dizer estas coisas; fico com o peito apertado, minha filha. Gente pobre é caprichosa — e é assim por disposição da natureza. Mesmo antes eu o sentia, e agora comecei a sentir ainda mais. Ele, o homem pobre, é exigente; até para esse mundo de Deus ele tem outra maneira de olhar, olha de soslaio para cada transeunte, lança a seu redor um olhar confuso e fica atento a cada palavra que ouve — não é dele que estão falando ali, diz? O que estão comentando, como pode ser tão feioso? o que é que ele, precisamente, sente? e, por exemplo, como será ele desse ponto de vista, como será daquele ponto de vista? E todo mundo sabe, Várienka, que uma pessoa pobre é pior que um trapo e não é digna de nenhum respeito da parte de ninguém, seja lá o que for que escrevam! eles mesmos, esses escrevinhadores, podem escrever o que for! — para o pobre vai ficar tudo como sempre foi. E por que vai ficar na mesma? Porque num homem pobre, na opinião deles, tudo deve estar virado do avesso; porque ele não deve ter nada de secreto, nenhuma vaidade que seja, de jeito nenhum! Emiliá estava me dizendo outro dia que não sei onde fizeram uma subscrição para ele, de modo que a cada dez copeques arrecadados lhe faziam uma espécie de inspeção oficial. Eles achavam que estavam lhe dando suas moedas de dez copeques de graça — mas, não: eles estavam pagando para que lhes fosse exibido um homem pobre. Hoje em dia, minha filha, até mesmo a caridade é feita de um modo esquisito... mas talvez tenha sido sempre assim, quem é que sabe! Das duas, uma — ou não sabem como fazê-lo, ou então são verdadeiros mestres nessa arte. Talvez não soubesse disso, mas é como lhe digo! Em outros assuntos não nos metemos, mas neste somos notórios! E por que é que um homem pobre conhece isso tudo e ainda pensa nessas coisas todas? Ora, por quê? — por experiência! Porque ele sabe, por exemplo, que o senhor ao seu lado está indo para um restaurante em algum lugar e pensando com os seus botões: e esse funcionário miserável, vai comer o quê hoje? porque eu vou comer *papillotes sauté*, enquanto ele provavelmente vai comer mingau sem manteiga. E o que ele tem com isso, se eu vou comer mingau sem manteiga? Há homens assim, Várienka, e como há, que só pensam nessas coisas. E eles vão andando, os pasquineiros indecentes, e olhando, por exemplo, se você pisa na calçada de pedra com o pé inteiro ou com uma pontinha; olha lá, dizem eles, o funcionário tal, conselheiro titular do departamento tal, com os dedos nus saindo para fora da bota, e olha como os cotovelos estão puídos — e depois ainda descrevem isso tudo lá do jeito deles e publicam esse lixo... E é da sua conta se o meu cotovelo está puído? E se me perdoa a palavra grosseira, Várienka, então eu lhe direi que um homem pobre, nesse sentido, sente o mesmo pudor que você, para dar um exemplo, um pudor virginal. Pois você não se poria — perdoe-me a palavra grosseira — a despir-se diante de todo mundo; é precisamente disso que o homem pobre não gosta, que fiquem bisbilhotando em seu cubículo, que digam como é a sua vida familiar — aí é que está. E que motivo tinha então para me ofender, Várienka, juntando-se aos meus detratores para atentar contra a honra e a vaidade de um homem honesto!

E hoje na repartição fiquei sentado como um ursinho, como um pardal depenado, quase me consumindo de vergo-

Gente pobre

nha de mim mesmo. Tive vergonha, Várienka! É natural mesmo que você se sinta acanhado quando a roupa deixa à mostra seus cotovelos nus e está com os botões pendendo da linha. E em minha mesa estava tudo tão desarrumado, como se fosse de propósito! Sem querer, você perde o ânimo. O que se há de fazer?... o próprio Stiepan Kárlovitch se pôs a falar comigo hoje sobre um assunto, ficou falando, falando, e depois, como que por descuido, acrescentou: "Ah, Makar Alieksiêievitch, meu amigo, o senhor!" — nem terminou de falar o que estava pensando, mas eu mesmo adivinhei tudo, e corei tanto que até minha careca ficou vermelha. No fundo, isso não é nada, mas de qualquer modo é inquietante, leva a reflexões penosas. Será que vieram a saber de alguma coisa? Deus nos livre de virem a saber de algo! Confesso-lhe que suspeito de uma pessoinha, e tenho fortes suspeitas. Pois esses maledicentes não ligam para nada! traem! entregam toda a sua vida privada por uma ninharia; para eles não existe nada de sagrado!

Já sei quem foi o autor dessa obra: foi obra de Rataziáiev. Ele tem um conhecido no nosso departamento e, certamente, no meio da conversa, como quem não quer nada, entregou-lhe tudo com acréscimos; ou talvez tenha contado tudo em seu próprio departamento, e aí a história se arrastou para o nosso. Mas no nosso alojamento todos sem exceção sabem de tudo e apontam o dedo para a sua janela, Várienka; e bem sei que apontam. E assim que saí ontem para ir almoçar em sua casa todos assomaram à janela, e a senhoria disse, olha lá, o diabo se meteu com uma criança, e depois ainda a chamou por um nome indecente. Mas nada disso se compara com a intenção infame de Rataziáiev de nos inserir a ambos em sua literatura e nos descrever numa sátira refinada; ele próprio disse isso, e alguns bons companheiros da repartição vieram me relatar. Não consigo sequer pensar em nada, minha filha, e não sei o que decidir. É preciso reconhecer que provocamos a ira de Deus Nosso Senhor, meu anjinho! Queria mandar-me um livro, minha filha, para me distrair. E livro para quê, minha filha! O que é o livro? É uma invenção sobre as pessoas. Até o romance é um disparate, e escrito para um disparate, só para que as pessoas ociosas possam ler: acredite em mim, minha filha, acredite em minha experiência de muitos anos. E olha lá, se vierem atordoá-la com um tal de Shakespeare, dizendo, está vendo, na literatura há Shakespeare — pois saiba que Shakespeare também é um disparate, tudo isso é puro disparate, e tudo feito unicamente para pasquinada!

Seu
Makar Diévuchkin

2 DE AGOSTO

Prezado senhor Makar Alieksiêievitch!

Não se preocupe com nada; se Deus, Nosso Senhor, quiser, tudo há de se ajeitar. Fiódora arranjou um montão de trabalho para ela e para mim, e fomos logo pondo mãos à obra, bem contentes. Talvez possamos reparar toda a situação. Ela desconfia de que os meus últimos contratempos todos são do conhecimento de Anna Fiódorovna; mas agora, para mim, tanto faz. Hoje, de certo modo, me sinto imensamente feliz. O senhor está querendo pedir dinheiro emprestado — que Deus o livre de uma coisa dessas! depois, quando for preciso devolver, será um sofrimento sem fim. O melhor que tem a fazer é conviver mais conosco, vir nos ver com mais frequência e não dar atenção a sua senhoria. Quanto a seus outros inimigos e detratores, estou certa de que está se torturando com suspeitas infundadas, Makar Alieksiêievitch! Preste atenção, pois lhe disse da última vez que tem um esti-

Gente pobre
107

lo extremamente irregular. Bem, adeus, até logo. Espero-o sem falta.

Sua
V. D.

3 DE AGOSTO

Varvara Alieksiêievna, meu anjinho!

Apresso-me a comunicar-lhe, minha estrelinha, que surgiu uma esperança. Mas se me permite, minha filha — escreve-me, anjinho, para não contrair empréstimo? Minha pombinha, é impossível passar sem eles; se para o meu lado as coisas vão mal, o que dirá para o seu, pode ser que de repente aconteça algo! é tão fraquinha; estou lhe escrevendo justamente porque é necessário pegar um empréstimo sem falta. Sendo assim, continuo.

Pois saiba, Varvara Alieksiêievna, que meu lugar na repartição é ao lado de Emielián Ivánovitch. Este não é aquele mesmo Emielián que conhece. Este, assim como eu, é conselheiro titular e, de todo o nosso departamento, os dois somos praticamente os funcionários mais antigos. É uma alma boa, uma alma desinteressada, mas é meio taciturno, e tem sempre o olhar de um verdadeiro urso. Em compensação é experiente, de sua pena sai uma letra inglesa autêntica, e se quer que diga toda a verdade, para escrever não me fica atrás — é um homem digno! Nunca entramos em intimidades, limitamo-nos ao de costume: bom dia, até logo, mas se me calha, às vezes, de precisar de um canivete, peço-lhe — digo, Emielián Ivánovitch, dê-me o seu canivete, resumindo, não passa do que requer a convivência. E eis que hoje vem me dizer: Makar Alieksiêievitch, por que está tão pensativo? Vejo que é um

108   Fiódor Dostoiévski

homem que deseja o meu bem, então me abri com ele — disse, por isso assim, assim, Emielián Ivánovitch, quer dizer, não disse tudo, e, além do mais, Deus me livre, não diria nunca, porque nem tenho coragem de dizê-lo, mas em algumas coisas me abri com ele, disse que estava apertado, e assim por diante. "Pois deveria, meu amigo — diz Emielián Ivánovitch —, pegar emprestado; ainda que fosse de Piótr Pietróvitch, ele dá dinheiro a juros; eu mesmo peguei um empréstimo; e cobra juros decentes — não são onerosos." E aí, Várienka, meu coraçãozinho começou a palpitar. Fiquei pensando, pensando, quem sabe o Senhor não toca a alma dele, do benfeitor Piótr Pietróvitch, e ele me faz um empréstimo. E já me pus a calcular que pagaria a senhoria e ainda a ajudaria, além de consertar toda a minha roupa, que está uma vergonha: só de me sentar à minha mesa chego a ter arrepios, e ainda mais porque esses nossos zombeteiros ficam caçoando, que Deus lhes perdoe! E tem também Sua Excelência, que às vezes passa perto da nossa mesa; e Deus me livre de me lançarem um olhar e repararem na indecência da minha roupa! Mas para eles o mais importante é a limpeza e o asseio. Eles mesmos talvez nem me dissessem nada, eu é que havia de morrer de vergonha — e é o que vai acontecer? Foi por isso que, depois de tomar coragem e meter minha vergonha no meu bolso furado, fui procurar Piótr Pietróvitch cheio de esperança e mais morto do que vivo de apreensão — tudo junto. Pois bem, Várienka, isso tudo deu em nada! Ele estava ocupado com alguma coisa, falando com Fiedóssiei Ivánovitch. Cheguei ao lado dele, puxei-o pela manga, e disse — Piótr Pietróvitch, mas Piótr Pietróvitch! Ele se voltou, eu continuo, e vou dizendo — coisa e tal, uns trinta rublos etc. Ele, de início, não compreendeu, mas depois, quando lhe expliquei tudo, então pôs-se a rir, mais nada, ficou calado. Tornei a lhe fazer o mesmo pedido. E ele então me perguntou — o senhor tem algum penhor? E mergulhou em sua papelada, continuando a escrever sem sequer olhar para mim. Fiquei um pouco perplexo.

Gente pobre

Não, Piótr Pietróvitch, digo eu, não tenho penhor, e me pus a explicar-lhe — digo que assim que receber o ordenado então lhe devolverei, devolverei sem falta, a primeira coisa que hei de fazer será honrar a dívida. Nisso alguém o chamou, eu o esperei, ele voltou e pôs-se a afiar a pena, como se não reparasse em mim. Mas eu insisto — e então, Piótr Pietróvitch, não tem um jeito? Ele se mantém calado, como se não estivesse ouvindo, eu esperei, esperei, e, aí, pensei, vou tentar pela última vez, e puxei-o pela manga. Ele não deu um pio sequer, afiou a pena e se pôs a escrever; então fui embora. Está vendo, minha filha, eles devem ser todos homens decentes, mas são orgulhosos, muito orgulhosos — e eu, sou o quê? O que somos para eles, Várienka? Foi por isso que lhe escrevi isso tudo. Emielián Ivánovitch também desatou a rir, abanando a cabeça, em compensação me deu esperanças, é um homem bom. Prometeu recomendar-me a uma pessoa, pessoa essa, Várienka, que mora nos lados de Víborgskaia[35] e também dá dinheiro a juros, é um funcionário de 14ª graduação. Emielián Ivánovitch diz que esse certamente me emprestará; amanhã, meu anjinho, vou lá — e então? O que acha? Pois será uma desgraça se não fizer um empréstimo! A senhoria está a ponto de me expulsar do alojamento e não concorda em me servir o almoço. Além disso, minhas botas estão ruins demais, minha filha, nem botões tenho... e quanta coisa mais não tenho! e se algum dos chefes repara nessa indecência? Que desgraça, Várienka, uma verdadeira desgraça!

Makar Diévuchkin

[35] Bairro fabril de Petersburgo. (N. da T.)

4 DE AGOSTO

Querido Makar Alieksiêievitch!

Pelo amor de Deus, Makar Alieksiêievitch, pegue algum dinheiro emprestado o mais depressa possível; por nada no mundo lhe pediria ajuda nas atuais circunstâncias, mas se soubesse em que situação me encontro! Nesse apartamento não podemos ficar de jeito nenhum. Aconteceu-me uma coisa terrivelmente desagradável, não faz ideia de como estou abalada e aflita! Imagine, meu amigo: hoje de manhã entrou aqui um desconhecido, um senhor de idade, quase um velho, com condecorações. Fiquei assombrada, sem entender o que ele queria conosco. Fiódora havia saído nessa hora para ir à venda. Ele começou a me interrogar: como vivo, o que faço, e, sem esperar resposta, comunicou-me que é tio daquele oficial; que está muito aborrecido com o sobrinho, por sua conduta incorreta, por ter ele nos difamado em todo o prédio; disse que seu sobrinho é um moleque, leviano, e que está pronto a tomar-me sob sua proteção; aconselhou-me a não dar crédito aos jovens, acrescentou que sentia por mim a compaixão de um pai e que estava pronto a me ajudar em tudo. Enrubesci toda, sem sequer saber o que pensar, mas não me apressei a agradecer. Ele pegou minha mão à força, deu-me umas palmadinhas nas faces, disse que eu era muito bonita e que estava muitíssimo satisfeito por eu ter covinhas nas faces (só Deus sabe o que dizia!), e, por fim, quis me beijar, dizendo que já era velho (ele era tão abominável!). Nisso entrou Fiódora. Ele ficou um pouco atrapalhado e recomeçou a dizer que sentia respeito por mim, por minha modéstia, minha boa conduta, e que desejava muito que não me esquivasse dele. Em seguida chamou Fiódora de lado, com um pretexto estranho, e quis dar-lhe uma certa quantia em dinheiro. Fiódora, evidentemente, não aceitou. Por fim, preparando-se para ir embora, tornou a repetir todas as suas asseverações, disse

Gente pobre

111

que tornaria a vir me visitar e que traria para mim uns brincos (ele mesmo parecia muito perturbado); aconselhou-me a mudar de apartamento e recomendou-me um apartamento excelente, que ele tinha em vista e que não me custaria nada; disse que havia gostado muito de mim, por eu ser uma moça honesta e sensata, aconselhou-me a tomar cuidado com os jovens libertinos, anunciou que conhecia Anna Fiódorovna, e que Anna Fiódorovna o havia encarregado de me dizer que ela própria viria fazer-me uma visita. Foi então que compreendi tudo. Não sei o que aconteceu comigo; é a primeira vez em minha vida que passo por semelhante situação; fiquei fora de mim; deixei-o completamente envergonhado. Fiódora ajudou-me e praticamente o expulsou do apartamento. Concluímos que isso tudo fora obra de Anna Fiódorovna: de outro modo, como poderia ele saber de nós?

Dirijo-me agora ao senhor, Makar Alieksiêievitch, e imploro-lhe ajuda. Não me deixe, pelo amor de Deus, nessa situação! Faça um empréstimo, por favor, arranje pelo menos algum dinheiro, não temos meios para nos mudarmos de apartamento, e permanecer aqui já não podemos de modo algum: é o que Fiódora também aconselha. Precisamos de pelo menos vinte e cinco rublos; eu lhe devolverei este dinheiro; hei de ganhá-lo; Fiódora está para me arranjar mais trabalho por esses dias, de modo que, se lhe forem fixados juros altos, não se preocupe com isso e concorde com tudo. Eu lhe devolverei tudo, mas, pelo amor de Deus, não deixe de me socorrer. Custa-me muito incomodá-lo nas atuais circunstâncias, mas o senhor é a minha única esperança! Até logo, Makar Alieksiêievitch, pense em mim, e que Deus o ajude!

V. D.

4 DE AGOSTO

Varvara Alieksiêievna, minha pombinha!

São esses golpes inesperados todos que me deixam transtornado! São essas calamidades terríveis que me mortificam a alma! Como se não bastasse, essa escória de bajuladores de todo tipo e de velhotes imprestáveis, meu anjinho, quer conduzi-la a um leito de dor, e, mais ainda — esses bajuladores querem acabar também comigo. E acabarão, juro que acabarão! Pois, agora mesmo, prefiro a morte a deixar de socorrê-la! Se não a socorro, isso, sim, há de ser para mim a morte, Várienka, isso seria pura e simplesmente a morte para mim, e se a socorro, então voará para longe de mim, como o passarinho do ninho, que esses mochos, essas aves de rapina se juntaram para crivar de bicadas. É isso justamente o que me atormenta, minha filha. E, além do mais, Várienka, como pode ser tão cruel! Como pode ser? É atormentada, ofendida, meu passarinho, e, embora esteja sofrendo, se aflige por ter de me incomodar, e ainda por cima promete trabalhar para pagar a dívida, ou seja, isso é o mesmo que dizer que, com sua saúde fragilzinha, se mataria para socorrer-me no prazo. Pois então, Várienka, pense bem no que fala! Para que vai costurar, para que vai trabalhar, torturar sua pobre cabecinha com preocupações, estragar seus lindos olhinhos e arruinar sua saúde? Ah, Várienka, Várienka, está vendo, minha pombinha, eu não sirvo para nada, eu mesmo sei que não sirvo para nada, mas vou fazer tudo para ser útil! Farei de um tudo, eu mesmo hei de arranjar trabalho por fora, vou fazer cópias de todo tipo para vários literatos, irei até eles, irei por conta própria e me grudarei ao trabalho; porque eles, minha filha, procuram bons copistas, eu sei que procuram, mas deixar que se extenue não vou, não deixarei que leve adiante uma intenção tão nociva. Farei o empréstimo, meu anjinho, preferiria morrer a não fazê-lo. Escreve ainda, meu anjinho, para não

Gente pobre

113

me espantar com os juros, e não me espantarei mesmo, minha filha, não me espantarei, não há nada no mundo agora que possa me assustar. Pedirei quarenta rublos em notas; nem é muito, Várienka, o que lhe parece? Acha possível que na primeira conversa me confiem quarenta rublos de crédito? isto é, o que quero dizer é se sou capaz de inspirar confiança e credibilidade à primeira vista. Pela fisionomia mesmo, à primeira vista, acha possível que façam a meu respeito um julgamento favorável? Pelo que lembra, anjinho, será que sou capaz de convencer alguém? O que realmente lhe parece? Sabe que sinto um medo doentio — verdadeiramente doentio! Dos quarenta rublos, vinte e cinco ficarão a seu dispor, Várienka; dois rublos serão para a minha senhoria e o resto será destinado a despesas pessoais. Está vendo, à senhoria mesmo seria o caso de dar mais, seria até necessário; mas considere a situação de conjunto, minha filha, calcule bem todas as minhas necessidades, e então verá que não tenho como lhe dar mais, portanto, nem vale a pena falar disso, e é melhor nem lembrar. Com um rublo de prata compro um par de botas; nem sei se vou ser capaz de aparecer amanhã no trabalho com estas velhas. Um lenço de pescoço também seria imprescindível, já que o velho logo vai completar um ano; mas já que me prometeu cortar não apenas um lenço como também um peitilho de seu avental velho, então sobre o lenço nem vou mais pensar. De modo que botas e lenço já tenho. E agora os botões, minha amiguinha! Pois há de concordar, minha pequena, que não posso ficar sem botões de maneira alguma; e da minha sobrecasaca já caíram quase a metade! Tremo só de pensar que Sua Excelência pode reparar nesse desleixo e dizer... e o que haveria de dizer! Eu, minha filha, nem sequer ouviria o que dissesse; já que morreria, e morreria no lugar mesmo, literalmente, só de pensar, pegaria e morreria de vergonha! Oh, minha filha! De modo que, depois de satisfeitas essas necessidades, restarão três rublos; e eles serão para a sobrevivência e para meia libra de tabaco; porque eu, meu anjinho, sem tabaco não consigo viver. E já é o nono dia que não ponho o cachimbo na boca. Para dizer a verdade, poderia comprar e não lhe dizer nada, mas tenho vergonha. Enquanto está aí, em desgraça, privando-se até do essencial, estou eu aqui me esbaldando com todo tipo de prazeres; e é por isso que lhe digo isso tudo, para não ser martirizado pelo remorso. Confesso-lhe francamente, Várienka, que minha situação agora é crítica ao extremo, isto é, definitivamente, nunca me havia acontecido nada semelhante. A senhoria me despreza, ninguém tem respeito por mim; estou na mais terrível penúria, com dívidas; e no serviço, onde antes mesmo os colegas funcionários não eram flor que se cheire comigo — agora, então, minha filha, nem vale a pena falar. Eu oculto, oculto tudo escrupulosamente de todos, eu próprio me oculto, e no serviço mesmo só entro sempre de modo furtivo, depois de me esquivar de todos. É a única pessoa a quem encontro ânimo para confessar isso... Mas e se ele não emprestar? Oh, não, Várienka, é melhor nem pensar nisso e não ficar mortificando a alma antecipadamente com semelhantes pensamentos. Se lhe escrevo isso é para preveni-la, para que não fique pensando nisso e se martirizando com maus pensamentos. Ah, meu Deus, o que haveria de lhe acontecer então! Mas é verdade também que nesse caso não teria de se mudar desse apartamento e eu a teria perto de mim — não é verdade, eu nem voltaria então, simplesmente sumiria para algum lugar, desapareceria. Bem, já lhe escrevi muito, e ainda preciso me barbear, para ficar mais bem-apessoado, com boa presença se consegue sempre mais. Bem, que Deus nos ajude! Vou rezar um pouco e, depois, pôr-me a caminho!

M. Diévuchkin

5 DE AGOSTO

Amabilíssimo Makar Alieksiêievitch!

Se ao menos não se desesperasse! Já bastam as amarguras que temos. Envio-lhe trinta copeques de prata; mais não posso de jeito nenhum. Compre o que lhe for mais necessário para poder passar pelo menos até amanhã. A nós mesmas não sobrou quase nada, e amanhã nem sei como vai ser. Que tristeza, Makar Alieksiêievitch! De resto, não fique triste, se não deu certo, então o que se há de fazer? Fiódora diz até que ainda não é o fim, que podemos permanecer neste apartamento por mais algum tempo, que, se tivéssemos nos mudado, ainda assim não ganharíamos muito com isso, pois, se quiserem, nos encontrarão em qualquer parte. De qualquer modo, fica cada vez pior continuar aqui agora. Se não fosse triste, escrever-lhe-ia sobre um certo assunto.

Que caráter estranho o seu, Makar Alieksiêievitch! Toma tudo muito a peito; por causa disso, será sempre o mais infeliz dos homens. Estou lendo todas as suas cartas com atenção e vejo que em cada uma delas se atormenta e se preocupa comigo como nunca se preocupou consigo mesmo. Qualquer um diria, sem dúvida, que tem um bom coração, mas eu digo que ele é excessivamente bom. Dou-lhe um conselho de amiga, Makar Alieksiêievitch. Sou-lhe muito grata, mas muito grata mesmo, por tudo o que fez por mim, sinto isso tudo profundamente; pois então avalie como me sinto em ver que mesmo agora, depois de todos os nossos infortúnios, dos quais fui involuntariamente a causadora, que mesmo agora vive apenas para o que eu vivo: para as minhas alegrias, para as minhas tristezas, pelo meu coração! Se for tomar tão a peito a dor alheia e se compadecer de tudo tão profundamente, então realmente tem motivo para ser o mais infeliz dos homens. Hoje, quando veio visitar-me após o serviço, espantei-me ao vê-lo. Estava tão pálido, assustado, desesperado:

116   Fiódor Dostoiévski

estava lívido — e tudo porque tinha medo de me contar sobre seu fracasso, com receio de me causar um desgosto, de me assustar, mas foi só ver que estava me contendo para não rir para sentir um alívio no coração. Makar Alieksiêievitch! não se amargure, não se desespere, seja mais sensato — eu lhe peço, eu lhe imploro isso. Vamos, vai ver que tudo há de ficar bem, tudo há de mudar para melhor; senão lhe será muito penoso viver eternamente melancólico e sofrendo pela dor alheia. Até logo, meu amigo, eu lhe imploro, não se preocupe demais comigo.

V. D.

5 DE AGOSTO

Várienka, minha pombinha!

Está bem, meu anjinho, está bem! Chegou à conclusão de que não faz mal que eu não tenha arranjado o dinheiro. Então está bem, isso me tranquiliza e me deixa feliz. Estou até contente em saber que não vai abandonar este velho e permanecer neste apartamento. E se é para falar tudo, pois saiba que fiquei com o coração repleto de alegria quando vi quão bem falou de mim em sua carta e os elogios que dedicou aos meus sentimentos. Não é por orgulho que digo isso, mas porque vejo como gosta de mim, ao se preocupar tanto com o meu coração. Ora, está bem; para que ficar falando agora justamente do meu coração! O coração é como é; e, no entanto, minha filha, ordena-me que não seja pusilânime. Sim, meu anjinho, talvez eu próprio ache que ela não é necessária, essa pusilanimidade; mas, diante disso tudo, julgue por si mesma, minha filha, que botas hei de calçar amanhã para ir para o serviço? Aí é que está, minha filha; pois semelhante pensamento pode aniquilar um homem, aniquilar completamente. Mas o principal, minha querida, é que não é por mim que me aflijo, nem é por mim que sofro; por mim tanto faz, mesmo que tivesse de andar num frio de rachar sem capote e sem botas, eu aguentaria, suportaria tudo, para mim é indiferente; sou um homem simples, sem importância — mas o que vão dizer os outros? O que vão dizer os meus detratores, essas más línguas todas, quando aparecer sem capote? Pois é para os outros que vestimos capote, e mesmo as botas, talvez seja para eles que as calçamos. As botas nesse caso, minha filha, meu benzinho, são-me necessárias para manter a honra e o bom nome; com as botas furadas, perde-se tanto um quanto o outro — acredite, minha filha, acredite na minha experiência de muitos anos; ouça a mim, um velho que conhece o mundo e as pessoas, e não a esses escrevinhadores e rabiscadores quaisquer.

Mas ainda nem lhe contei em detalhes, minha filha, como as coisas realmente aconteceram hoje, o que passei hoje. Passei por tanta coisa, e o peso que suportei na alma, numa única manhã, outro não suportaria num ano inteiro. Eis como tudo aconteceu: em primeiro lugar, saí de manhã bem cedinho para apanhá-lo em casa e ainda poder chegar a tempo no serviço. Chovia tanto hoje, era tanta lama! Eu, minha estrelinha, agasalhei-me bem com o capote e fui andando, o tempo todo pensando: "Senhor!, dizia comigo, perdoe os meus pecados e fazei com que se cumpram os meus desejos". Passei perto da igreja de -skoi, fiz o sinal da cruz e arrependi-me de todos os meus pecados, mas me lembrei de que era indigno de querer me entender com o Senhor Nosso Deus. Fiquei ensimesmado, sem a menor vontade de olhar para nada; e fui andando assim, sem atentar no caminho. As ruas estavam desertas e só encontrava pessoas ocupadas, preocupadas, o que não é de admirar: quem havia de sair para passear àquela hora da manhã e com um tempo daqueles? Topei com um grupo de operários sujos; eles me empurraram, os insolentes! A timidez tomou conta de mim, foi horrível, para dizer a verdade, não queria mais nem pensar em dinheiro — fui andando ao acaso, ao deus-dará! Bem junto à ponte Voskriessiénski descolou-me a sola da bota, de modo que nem eu mesmo sei como continuei a andar. Nisso topei com nosso escrivão Ermoláiev, que se esticou todo, parou e ficou me seguindo com os olhos, como quem pede para a vodca; pois, sim, meu amigo, pensei eu, para a vodca, que vodca o quê! Sentia-me terrivelmente cansado, parei por um momento, descansei um pouco e continuei a me arrastar. Pus-me então de propósito a olhar para tudo em meu redor, queria agarrar-me a algo, ainda que fosse a pensamentos, para tentar me distrair, para ganhar alento: mas não — não consegui me agarrar a nada, a um pensamento sequer, e, para cúmulo, estava tão enlameado que cheguei a sentir vergonha de mim mesmo. Por fim vi ao longe uma casa de madeira, amarela, com um mezanino do tipo belvedere — aí está, penso eu, pois é esta mesmo a casa de Márkov — tal como me disse Emielián Ivánovitch. (Esse Márkov, minha filha, é o tal que empresta dinheiro a juros.) Mas nisso fiquei tão confuso que, mesmo sabendo que era a casa de Márkov, ainda assim perguntei ao guarda-cancela: de quem é aquela casa, meu amigo? O guarda, um grosseirão, diz a contragosto, como se estivesse zangado com alguém, diz por entre dentes — é isso mesmo, é a casa de Márkov. Esses guarda-cancelas são todos uns insensíveis — mas o que me importa o guarda? Entretanto, era como se tudo contribuísse para a impressão má e desagradável, em suma, uma coisa sempre puxa outra; de tudo depreendemos algo que se assemelha à nossa situação, e é sempre assim que acontece. Fiquei dando voltas pela rua e passei três vezes perto da tal casa, e quanto mais ando, pior fica — não, penso eu, não vai emprestar, não vai emprestar mesmo! Sou um desconhecido, e o meu caso é um caso delicado, e, além do mais, pelo aspecto não convenço — então, penso, que seja como o destino quiser; só para não me arrepender mais tarde, pois não hão de me comer por tentar — e então abri o portão da casa. Nisso aconteceu outra desgraça: um cãozinho vira-lata, estúpido e nojento grudou em mim, começou a latir como um louco! Mas são sempre incidentes ínfimos e ignóbeis como esse, minha filha, que acabam por desconcertar a pessoa, enchendo-a de timidez e aniquilando todas as resoluções que havia tomado anteriormente; de modo que, ao entrar na casa, mais morto do que vivo, caí direto numa nova desgraça; na escuridão, sem enxergar o que havia embaixo no umbral, ao pisar, esbarrei numa mulher, acontece que a mulher estava passando o leite do tarro de ordenhar para o jarro e derramou todo o leite. A imbecil da mulher se pôs a gritar com uma voz esganiçada e a papaguear — a dizer, onde pensa que vai, criatura, o que você está querendo? e ainda saiu amaldiçoando todos os diabos. Se faço essa observação, minha filha, é porque sempre me acontecem coisas semelhantes em situações desse gênero; parece que essa é a minha sina; sempre hei de me deparar com algum imprevisto. Por causa do barulho apareceu a senhoria, uma bruxa velha finlandesa, e me dirigi diretamente a ela — é aqui, digo, que mora Márkov? Não, diz; parando e medindo-me bem com os olhos. "E o que o senhor quer com ele?" Ponho-me a explicar-lhe, digo que etc. e tal, Emielián Ivánovitch — bem, e todo o resto —, digo que vim a negócio. A velha chamou a filha — apareceu também a filha, uma menina já crescida, descalça —, "vá chamar o seu pai; ele está lá em cima com os inquilinos — faça o favor, senhor". Entrei. A sala era razoável, com quadros pendurados nas paredes, só retratos de generais, um divã, uma mesa redonda, uns vasos de resedá e balsamina — me ponho a matutar, matutar, não seria melhor ir embora enquanto é tempo, pelo meu bem, ir ou não ir? e, juro, minha filha, que a minha vontade era fugir dali! É melhor voltar amanhã, pensei; o tempo também vai estar melhor, e ganho algumas horas — hoje até o leite já derramei, e esses generais estão com cara de zangados... Já ia me dirigir para a porta, mas justamente aí ele entrou — nada de especial, grisalho, com uns olhinhos furtivos e um roupão sebento amarrado com um cinto de corda. Pôs-se a par do que se tratava, e eu lhe dizendo, é assim e assim, foi Emielián Ivánovitch — uns quarenta rublos, digo; a questão é que — mas nem terminei de falar. Percebi pelos seus olhos que era uma causa perdida. "Não, que questão o quê, diz, não tenho dinheiro; e que penhor tem o senhor, tem algum, o que é?" Tinha começado a explicar, a dizer que penhor não tenho, mas que foi Emielián Ivánovitch — enfim, dou-lhe as explicações necessárias. Depois de ouvir tudo — não, diz, que Emielián Ivánovitch que nada! não tenho dinheiro. Então, penso eu, se é assim, que seja; já sabia disso, já pressentia — sabe, Várienka, teria sido melhor se o chão tivesse se aberto sob os meus pés; senti frio, os pés se enregelaram, e um calafrio percorreu-me a espinha. Fico olhando para ele e ele olhando para mim, só faltou me dizer: dê o fora, amigo, você não tem nada a fazer aqui — pois olha que, se isso me tivesse acontecido em outras circunstâncias, teria morrido de vergonha. Mas para que o senhor tem necessidade de dinheiro? (E veja a pergunta que me fez, minha filha!) Já ia abrir a boca, só para não ficar ali parado à-toa, mas ele nem quis mais ouvir, disse — não, não tenho dinheiro; senão, diz, emprestaria com gosto. Tentei lhe mostrar, dizer que só precisava de um pouquinho, que estava lhe dizendo que devolveria, que lhe devolverei no prazo, e que devolveria ainda antes do prazo, ele que cobrasse os juros que quisesse, e jurava por Deus que lhe devolveria. Nesse instante, minha filha, mencionei o seu nome, lembrei todos os seus infortúnios e suas necessidades, e mencionei também a sua moedinha de cinquenta copeques — não mesmo, diz, que juros o quê, se ao menos fosse com penhor! Do contrário, não tenho dinheiro, Deus é testemunha de que não tenho; senão emprestaria com gosto — e ainda jurava, o bandido!

Depois disso, minha querida, nem me lembro de como saí dali, de como atravessei o Víborgskaia, de como fui parar na ponte Voskriessiénski, estava terrivelmente cansado, parecendo um autômato, tiritando de frio, e só consegui chegar no serviço às dez horas. Tinha vontade de dar uma limpada na minha roupa enlameada, mas o Snieguirióv, o guarda, disse que não podia, você vai estragar a escova, diz ele, e a escova, senhor, é propriedade do Estado. É assim que me tratam agora, minha filha, de modo que até para estes senhores devo ser pior que um trapo no qual limpam os pés. Sabe o que acaba comigo, Várienka? Não é o dinheiro, são essas atribulações cotidianas todas, são essas zombarias, esses cochichos, esses risinhos todos que acabam comigo. Sua Excelência, de algum modo, pode casualmente se dirigir a mim — ah, minha filha, já se foram meus tempos dourados! Hoje reli todas as suas cartas; que tristeza, minha filha! Até logo, querida, que Deus a proteja!

M. Diévuchkin

P. S. Que amargura a minha, Várienka, queria descrever-lhe tudo meio em tom de brincadeira, só que, pelo jeito, não o consegui, esse tom de brincadeira. Queria agradá-la. Irei vê-la, minha filha, irei vê-la sem falta, amanhã mesmo.

11 DE AGOSTO

Varvara Alieksiêievna! minha filha, minha pombinha! Estou perdido, estamos ambos perdidos, os dois juntos, irremediavelmente perdidos. A minha reputação, a minha dignidade... tudo perdido! Minha vida está destruída, a sua também está destruída, minha filha, junto com a minha, a sua e a minha, estão irremediavelmente destruídas! E fui eu, fui eu quem a levou à perdição! Sou perseguido, desprezado e ridicularizado, minha filha, e a senhoria começou simplesmente a ralhar comigo; hoje ficou gritando, passou-me uma escaldada e colocou-me abaixo de um cisco. E à noite, no quarto de Rataziáiev, um deles se pôs a ler em voz alta o rascunho de uma carta que lhe havia escrito e caiu de meu bolso sem que me desse conta. Minha filha, como caçoaram! Ficavam nos dando apelidos e não paravam de rir, os traidores! Entrei lá e acusei Rataziáiev de perfídia; disse-lhe que era um traidor! E Rataziáiev respondeu-me que traidor era eu, que me dedico a várias conquistas; diz ele — o senhor tem se ocultado de nós, o senhor, diz, é um Lovelace;[36] e agora todos me chamam de Lovelace, e outro nome não tenho! Está ouvindo, meu anjinho, está ouvindo — agora eles sabem de tudo, estão a par de tudo, e sabem também sobre você, minha querida, e sobre tudo o que lhe diz respeito, sabem de tudo. E mais! até Faldoni se passou para o lado deles e está em conivência com eles; hoje mandei-o à salsicharia, assim, para comprar algo; não vai e pronto, estou ocupado, diz ele! "Mas é sua obrigação" — digo-lhe eu. "Não mesmo, diz-me ele, não sou obrigado, o senhor não paga o dinheiro da minha patroa, portanto, também não lhe devo obrigação." Não pude suportar os insultos dele, esse mujique analfabeto, disse-lhe então que era um imbecil; e ele a mim — "ouvi isso de um imbecil". Achei que me tivesse dito tal grosseria por estar embriagado, e então digo — ora, você está bêbado, seu mujique palerma! e ele a mim: "Foi o senhor que me serviu? Se tivesse como curar a própria ressaca; o senhor próprio anda mendigando moedinhas de dez copeques a uma dessas" — e acrescentou: "— ora, e ainda diz ser um cavalheiro!". Veja, minha filha, a que ponto chegaram as coisas! É uma vergonha, Várienka, viver assim! como se fosse um pária qualquer; pior que um vagabundo sem passaporte. Que calamidade

---

[36] Personagem libertino do romance epistolar *Clarissa* (1748), do escritor inglês Samuel Richardson. (N. da T.)

terrível! — estou perdido, simplesmente perdido! irremediavelmente perdido.

M. D.

13 DE AGOSTO

Amabilíssimo Makar Alieksiêievitch! Só caem desgraças
sobre nós, uma atrás da outra, eu mesma já nem sei o que
fazer! O que há de ser do senhor agora?, as esperanças em
mim não são das melhores; hoje queimei a mão esquerda com
o ferro; deixei-o cair por descuido e acabei me queimando e
me machucando, tudo ao mesmo tempo. Não tenho como
trabalhar, e Fiódora está adoentada já há três dias. Que aflição torturante! Envio-lhe trinta copeques de prata; esse é
praticamente nosso último dinheiro, e Deus é testemunha de
como gostaria de poder ajudá-lo nesse momento de dificul-
dade. Tenho vontade de chorar de desgosto! Até logo, meu
amigo! Traria-me grande consolo se viesse nos visitar hoje.

V. D.

14 DE AGOSTO

Makar Alieksiêievitch! o que lhe aconteceu? Não tem
temor a Deus, decerto! O senhor vai, simplesmente, me fazer
enlouquecer. Será que não se envergonha? Está se arruinando,
pense só na sua reputação! É um homem honesto, nobre, digno — pois, então, o que fará quando todos souberem o que
anda fazendo!? Simplesmente, há de morrer de vergonha! Ou
será que não tem pena dos seus cabelos brancos? Então não

tem temor a Deus? Fiódora disse que agora já não tornará a ajudá-lo, e eu mesma não lhe darei mais dinheiro. A que ponto me levou, Makar Alieksiêievitch! Decerto pensa que pouco me importa que se comporte tão mal; ainda não sabe o que tenho suportado por sua causa! Não posso sequer passar pelas nossas escadas: todos me olham, me apontam com o dedo, e dizem coisas terríveis; dizem-me na cara que *ando metida com um bêbado*. Como me é penoso ouvir isso! Quando o trazem carregado para casa, todos os inquilinos apontam para o senhor com desprezo: olha lá, dizem, trouxeram aquele funcionário carregado. Eu mesma não me aguento mais de vergonha pelo senhor. Juro que me mudo daqui. Vou para qualquer lugar trabalhar como arrumadeira, lavadeira, mas aqui não fico. Pedi-lhe para dar uma passada aqui em casa e não passou. Parece que meus pedidos e minhas lágrimas nada significam para o senhor, Makar Alieksiêievitch! E onde foi que arranjou dinheiro? Pelo amor do Nosso Criador, tome cuidado. Pois está se arruinando, e se arruinando por nada! E a vergonha, e a tamanha desonra! Ontem sua senhoria nem sequer o deixou entrar, o senhor posou no abrigo: estou a par de tudo. Se soubesse como me foi penoso ouvir isso. Venha nos visitar, há de se alegrar conosco: vamos ler juntos e recordar o passado. Fiódora nos contará sobre suas peregrinações por lugares santos. Por mim, meu pombinho, não destrua a sua vida e também a minha. Pois é para o senhor unicamente que vivo, para o senhor, e permanecerei com o senhor. E é assim que se comporta agora? Seja nobre e firme nas suas provações; lembre-se de que pobreza não é defeito. Então por que se desesperar: isso tudo é passageiro! Se Deus quiser — tudo há de se arranjar, é só o senhor agora começar a se conter. Estou lhe enviando vinte copeques, compre tabaco ou o que lhe apetecer, mas, pelo amor de Deus, não os gaste com coisas nefastas. Venha nos visitar, venha sem falta. Talvez volte a sentir vergonha, como antes; mas não se envergonhe: esta é uma falsa vergonha. Basta que tra-

Gente pobre

125

ga um arrependimento sincero. Tenha fé em Deus. Ele há de fazer com que tudo se arranje para melhor.

V. D.

19 DE AGOSTO

Varvara Alieksiêievna, minha filha!

Sinto-me envergonhado, Varvara Alieksiêievna, minha estrelinha, estou morto de vergonha. Se bem que, o que há nisso de tão especial, minha filha? Por que então não dar um pouco de alegria ao meu coração? E nesse caso já nem estou pensando em minhas solas, porque a sola é uma tolice, e permanecerá sempre uma simples sola, vulgar e suja. Mesmo as botas também são uma tolice! Os sábios gregos mesmo andavam muitas vezes sem botas, então por que justamente nós aqui havemos de nos desfazer em cuidados com um objeto tão indigno? Então por que hão de me ofender, de me desprezar, num caso desses? Ah, minha filha, minha filha, encontrou assunto para escrever! E, para Fiódora, diga-lhe que é uma mulher rabugenta, irriquieta, desvairada e, ainda por cima, estúpida, indescritivelmente estúpida! Quanto aos meus cabelos brancos, também sobre isso está enganada, minha querida, porque não sou absolutamente tão velho quanto pensa. Emieliá lhe manda lembranças. Diz em sua carta que chora e se sente amargurada, e eu lhe digo que também eu choro e me sinto amargurado. Para encerrar, desejo-lhe muita saúde e bem-estar, e continuo, meu anjinho, o seu amigo de sempre.

Makar Diévuchkin

21 DE AGOSTO

Minha prezada senhora e querida amiga
Varvara Alieksiêievna!

Sinto-me culpado, sinto que cometi uma falta para com
você, mas na minha opinião não há nenhuma vantagem nisso, minha filha, no fato de sentir isso, diga lá o que disser.
Antes ainda de cometer a minha contravenção já sentia isso
tudo, mas, também, havia perdido o ânimo, e o havia perdido por ter consciência da minha culpa. Minha filha, não sou
um homem mau nem duro de coração; e, no entanto, para
dilacerar seu coraçãozinho, minha pombinha, seria preciso
ser nada mais nada menos que um tigre sedento de sangue, e
eu, o que tenho, é um coração de cordeiro, e como sabe não
tenho inclinações à sede de sangue; consequentemente, meu
anjinho, não sou de todo culpado por minha contravenção,
assim como também não o são o meu coração e os meus pensamentos; e, se é assim, nem eu mesmo sei de quem é a culpa.
É uma coisa tão obscura, minha filha! Enviou-me trinta copeques de prata e depois enviou-me mais vinte; partiu-me o
coração olhar para o seu dinheirinho de órfãzinha. Com a
mãozinha queimada e a ponto de passar fome, escreve-me,
no entanto, para comprar tabaco. Ora, como havia eu de
proceder num caso desses? Havia, simplesmente, sem remor-
sos na consciência, como um bandido, de pôr-me a roubá-la,
a roubar uma órfãzinha? Foi aí que perdi o ânimo, minha
filha, quer dizer, a princípio, ao sentir sem querer que não
presto para nada e que eu mesmo talvez seja pouca coisa melhor que a sola do meu sapato, considerei indecoroso tomar-
-me por qualquer coisa de significativo, e, ao contrário, eu
próprio passei a me considerar um tanto inconveniente e, em
certa medida, indecoroso. Bem, e uma vez que havia perdido
o respeito por mim mesmo, me entregado à negação de minhas qualidades boas e da minha dignidade, veio também a

Gente pobre

127

queda! Isso já estava determinado assim pelo destino, e disso não tenho culpa. Primeiro saí de casa apenas para tomar um pouco de ar. E aí as coisas foram acontecendo uma atrás da outra: o dia estava tão lacrimoso, um tempo frio, chovia, e foi aí que surgiu Emieliá. Ele, Várienka, já penhorou tudo o que possuía, tudo o que tinha foi para penhor, e quando o encontrei, já fazia dois dias inteiros que não punha sequer uma gota de orvalho de papoula na boca, de modo que já estava querendo penhorar algo que não se pode penhorar de forma alguma, porque não existem penhores dessa natureza. Pois bem, Várienka, cedi mais por compaixão humana do que propriamente por gosto. E foi assim que esse pecado foi cometido, minha filha! Como choramos os dois juntos! Lembramos de você. Ele é uma boa pessoa, é um homem muito bondoso e bastante sensível. Eu mesmo, minha filha, sinto isso tudo; e é porque comigo também acontece a mesma coisa que sinto tudo isso muito intensamente. Sei o quanto lhe sou devedor, minha pombinha! Ao conhecê-la, em primeiro lugar, comecei a me conhecer melhor e comecei a amá-la; até então, meu anjinho, eu era solitário, era como se estivesse dormindo nesse mundo, ao invés de viver. Eles, os meus detratores, diziam que até mesmo o meu aspecto era indecente, e me desprezavam, então, passei a me desprezar também; diziam que eu era um bronco, e eu achava mesmo que era um bronco, e quando você apareceu para mim, iluminou toda a minha vida sombria, iluminou-me até o coração e a alma, e eu encontrei paz de espírito, compreendi que não era pior que os outros; que apenas não sou brilhante em coisa alguma, não tenho polimento, não tenho estilo, mas que ainda assim sou um homem, que, por meu coração e por meus sentimentos, eu sou um homem. Mas agora, ao me sentir perseguido pelo destino, humilhado por ele, entreguei-me à negação de minha própria dignidade, estava descorçoado da minha pobreza, perdi até o ânimo. E agora que já sabe de tudo, minha filha, eu lhe suplico, com lágrimas, para que não me pergunte mais sobre esse assunto, já que ele me dilacera o coração, além de ser-me amargo e penoso.

Apresento-lhe, minha filha, os meus cumprimentos e continuo seu fiel

Makar Diévuchkin

3 DE SETEMBRO

Não cheguei a terminar a última carta, Makar Alieksiêievitch, porque para mim estava sendo penoso escrever. Há momentos às vezes em que me sinto feliz por estar sozinha, por poder ficar triste sozinha, sentir saudade sozinha, sem ter de partilhá-los, e estes momentos começam a se tornar cada vez mais frequentes. Em minhas recordações há algo que me é tão inexplicável que, sem que me dê conta, absorve-me com tal força, a ponto de deixar-me horas a fio insensível a tudo o que me rodeia, esquecida de tudo, de todo o presente. E não há na minha vida atual uma só impressão, seja agradável, penosa ou triste, que não me recorde de algo semelhante do meu passado, e, na maioria das vezes, da infância, da minha infância dourada! Mas, passados esses momentos, começo a sentir sempre um grande pesar. Sinto-me mais fraca, esgotada por minha natureza sonhadora, mas mesmo sem isso minha saúde piora a cada dia.

Porém, a manhã fresca, clara e brilhante de hoje, como poucas no outono daqui, trouxe-me de volta à vida e eu a saudei com alegria. Pois é, já estamos no outono! Como eu gostava do outono no campo! Era ainda uma criança nessa época, mas já sentia muita coisa. Gostava mais das tardes do que das manhãs de outono. Lembro-me de que a dois passos da nossa casa havia um lago, ao sopé de uma montanha. Esse lago — parece-me que o estou vendo agora — é um lago tão

Gente pobre

129

largo, claro e puro como um cristal! Se calha de a tarde estar calma — o lago fica sereno; nas árvores que crescem na margem, nem uma folha se mexe, a água imóvel parece um espelho. O frescor! o frio! O orvalho caindo na relva, as luzes acesas nas isbás perto da margem, o rebanho sendo conduzido — nessa hora escapo de casa às escondidas, para ver o meu lago, e às vezes fico contemplando-o tão absorta. À beira da água, um feixe de ramos secos arde na fogueira dos pescadores, e sua luz se derrama pela água até bem longe. O céu é tão frio e azul, todo dividido no horizonte por faixas vermelhas, ígneas, e essas faixas se tornam cada vez mais pálidas; a lua aparece; o ar é tão sonoro que, se um pássaro assustado levanta voo, se um junco começa a sussurrar sob a brisa suave ou um peixe chapinha na água — pode-se ouvir tudo. Da água azul sobe um vapor branco, fino e transparente. O horizonte escurece; tudo parece mergulhar na névoa, mas de perto é tudo tão nitidamente torneado, como que talhado a cinzel — o barco, a margem, as ilhas; um barril lançado à margem e esquecido balouça na água de modo quase imperceptível, um ramo de salgueiro com as folhas amareladas se emaranha nos juncos — uma gaivota atrasada levanta voo, ora mergulha na água fria, ora torna a desaparecer na névoa. Eu não me cansava de ver, de ouvir — sentia-me maravilhosamente bem! E ainda era uma criança, criança pequena!...

Como eu gostava do outono — do outono tardio, quando já estão segando o trigo e a lida está chegando ao fim, quando vão começar os serões nas isbás e todos já estão à espera do inverno. Tudo nessa época se torna mais sorumbático, o céu se cobre de nuvens, folhas amarelas estendem-se pelos atalhos nos confins do bosque desnudo, e o bosque fica azul, enegrece — sobretudo ao cair da tarde, quando desce uma névoa úmida, e as árvores parecem surgir momentaneamente da névoa como gigantes, como fantasmas terríveis e monstruosos. Quando a gente se atrasa no passeio, fica para trás, apartada dos outros, e tem de voltar sozinha e apertar o passo — é horrível!

Eu mesma tremo como uma folha; e agora, penso, e se olhar e aparecer alguém terrível por detrás daquele oco da árvore? enquanto isso o vento passa zunindo pelo bosque, começa a farfalhar, a rugir, a silvar, a uivar tão lastimosamente, a arrancar nuvens de folhas dos ramos mirrados, fazendo-as redemoinhar no ar; e atrás delas passa um bando comprido, largo e ruidoso de pássaros com gritos selvagens, estridentes, que enegrece o céu, deixando-o todo encoberto por eles. O medo cresce e, nisso, é como se começasse a ouvir alguém — a voz de alguém, como se alguém estivesse sussurrando: "Corra, filha, corra, não se atrase; de um momento para outro vão acontecer coisas medonhas aqui, corra, filha!" — uma sensação de horror trespassa-me o coração, e eu corro, corro tanto que chego a ficar sem respiração. Chego em casa ofegante; em casa há barulho, alegria; o trabalho será distribuído entre todas nós, as crianças: descascar ervilhas ou sementes de papoula. A lenha úmida crepita no fogão; contente, a mãezinha cuida do nosso trabalho alegre; a velha ama Uliana conta-nos coisas sobre os tempos antigos ou causos terríveis sobre feiticeiros e mortos. Nós, as crianças, apertamo-nos uma amiga na outra, todas com um sorriso nos lábios. E eis que de repente nos calamos todas ao mesmo tempo... escuta! um barulho! parece que estão batendo à porta! Não é nada; é o ruído da roca da velha Frólovna; o que rimos! Mas depois, à noite, não conseguimos dormir, de medo; temos sonhos tão terríveis. Às vezes acordo e fico tremendo debaixo do cobertor até amanhecer, não me atrevo sequer a me mexer. Mas de manhã acordo fresca como uma florzinha. Olho pela janela: o campo estava todo crestado pela geada; a escarcha fina de outono pendia dos ramos nus; o lago estava coberto de gelo, fino como uma folha de papel; um vapor branco se levanta sobre o lago; os passarinhos gritam alegremente. O sol ilumina tudo em volta com seus raios brilhantes, e os raios partem o gelo fino como se fosse vidro. Há luz, claridade, alegria! No fogão, o fogo torna a crepitar; sentamo-nos todos junto do samovar,

Gente pobre

e o nosso cão preto, Polkan, tiritante do frio da noite, espreita-nos através da janela, abanando o rabo para nos saudar. Um mujique montado em seu cavalinho bem-disposto passa próximo da janela na direção do bosque, vai em busca de lenha. Estamos todos tão satisfeitos e tão alegres!... Ah, que infância dourada foi a minha!...

Agora estou eu aqui chorando, feito criança, levada por minhas recordações. As lembranças são tão vivas, mas tão vivas, todo o passado surgiu diante de mim com tanta nitidez que o presente me parece tão turvo e obscuro... Que fim terá isso, qual será o fim disso tudo? Sabe de uma coisa? tenho uma espécie de pressentimento, de convicção, de que vou morrer neste outono. Estou muito, muito doente. Estou sempre achando que vou morrer, mas, apesar de tudo, não queria morrer assim — deitar nessa terra daqui. Talvez torne a cair de cama, como aconteceu na primavera e nem consegui ainda me recuperar. Agora mesmo me sinto muito mal. Fiódora passará o dia todo fora hoje e eu vou ficar sozinha. De uns tempos para cá comecei a sentir medo de ficar sozinha; tenho sempre a sensação de que há uma outra pessoa no quarto comigo, de que alguém fala comigo; sobretudo quando me entrego a algum pensamento, e depois de súbito caio em mim e fico apavorada. Aí está o porquê de lhe ter escrito uma carta tão longa; quando estou escrevendo, isso passa. Até logo: termino a carta porque não tenho nem papel nem tempo. Do dinheiro que recebi pelos meus vestidos e pelo chapéu restou-me apenas um rublo de prata. O senhor deu à senhoria dois rublos de prata; fez muito bem; ela agora vai ficar calada por algum tempo.

Dê um jeito de melhorar o seu vestuário. Até logo; estou tão cansada, não compreendo por que fico assim tão fraca; o menor esforço me deixa esgotada. Se me aparecer trabalho, como vou trabalhar? É isso que me mata.

V. D.

5 DE SETEMBRO

Várienka, minha pombinha!

Foram tantas as sensações que experimentei hoje, meu anjinho. Em primeiro lugar, senti dor de cabeça o dia todo. Saí para tomar um pouco de ar e dar uma volta pelo Fontanka. Estava uma tarde tão escura e úmida. Esta época é assim — às cinco horas já começa a anoitecer! Não estava chovendo, mas em compensação havia neblina, o que às vezes é pior que uma boa chuva. Faixas compridas e largas de nuvens passavam pelo céu. Era um não acabar mais de gente andando pelas margens, e uma gente que parecia estar de propósito com rostos tão assustadores, desalentados, eram mujiques bêbados, umas finlandesas de nariz arrebitado com botas e cabeça descoberta, operários, cocheiros, funcionários como eu a serviço; uns meninos, um aprendiz de serralheiro qualquer de avental listrado, macilento, mirrado, com a cara respingada de graxa e com cadeados na mão; um soldado reformado de estatura colossal — este era o tipo de público. A essa hora, por certo, o público nem poderia ser outro. O Fontanka é um canal navegável! São barcas que não acabam mais, nem dá para entender como podem caber todas ali. Nas pontes ficam sentadas umas mulheres com pães de mel molhados e maçãs podres, e umas mulheres sempre sujas, molhadas. É entediante passear no Fontanka! Sob os pés o granito molhado, dos lados prédios altos, escuros, cobertos de fuligem; é nevoeiro sob os pés, nevoeiro sobre a cabeça. A tarde estava tão escura e tristonha hoje.
Quando virei para a rua Gorókhovaia já havia escurecido completamente e o gás começava a ser acendido. Havia um bom tempo que não ia à Gorókhovaia — por falta de oportunidade. É uma rua barulhenta! Que luxo são as vendas, as lojas; tudo aceso e brilhando tanto, os tecidos, as flores atrás das vitrines, os chapeuzinhos com fitas de todo tipo.

Gente pobre

133

Pode-se pensar que isso tudo está exposto assim para enfeitar — mas não: pois há pessoas que compram isso tudo e presenteiam suas esposas. É uma rua magnífica! Muitos padeiros alemães vivem na Gorókhovaia; também devem ser gente muito abastada. É tanta carruagem que passa a todo instante, como o pavimento suporta isso tudo? São carruagens tão esplêndidas, os vidros são como espelhos, por dentro é tudo de veludo e seda; os lacaios dos fidalgos usam dragonas e espadas. Fiquei espiando para dentro de todas as carruagens, só há damas nelas, tão enfeitadas, talvez sejam até princesas e condessas. Decerto era a hora em que todas correm para os bailes e serões. Deve ser curioso ver de perto uma princesa, ou mesmo uma dama ilustre; deve ser muito bom; eu nunca vi; a não ser assim, como agora, espiando para dentro da carruagem. Lembrei-me logo de você. Ah, minha pombinha, minha querida! Agora, quando me lembro de você, fico com o coração apertado! Por que tem de ser tão infeliz, Várienka? Meu anjinho! em que é pior do que elas todas? Para mim é tão boa, maravilhosa e culta, por que tinha de lhe caber então um destino tão cruel? Por que isso acontece sempre assim, de modo que uma pessoa boa vive em desolação, enquanto a outra qualquer é a própria felicidade que vem lhe assediar? Eu sei, eu sei, minha filha, que não se deve pensar assim, que isso é livre-pensamento; mas, sinceramente, para dizer a verdade verdadeira, por que para um a gralha do destino grasna a felicidade ainda no ventre materno, enquanto outro sai do internato direto para esse mundo de Deus? E olha que acontece também com frequência de um Ivánuchka[37] bobão alcançar essa felicidade. Você, Ivánuchka bobão, diz a sorte, meta a mão nos sacos de dinheiro dos seus avós, beba, coma e divirta-se; mas você, seu isso e mais aqui-

---

[37] Ivánuchka, diminutivo depreciativo de Ivan. Referência a personagens dos contos populares russos que, com suas artimanhas, sempre conseguem o que desejam. (N. da T.)

lo, contente-se em lamber os beiços; você, diz, é isso o que merece, meu amigo, com você é assim! É pecado, minha filha, é pecado pensar uma coisa dessas, mas, nesse caso, é o pecado que nos penetra na alma quase sem querer. Se também pudesse andar numa carruagem como essas, minha querida, minha estrela. Seriam os generais a captar o seu olhar benévolo — e não gente como nós; andaria vestida com seda e ouro, e não com vestidinhos velhos de algodão. Não estaria magrinha e mirradinha como agora, mas como uma figurinha de açúcar, toda fresquinha, roliça e rosada. E eu então já me daria por feliz só de poder vê-la da rua através da janela nitidamente iluminada, mesmo que distinguisse apenas a sua sombra; só de pensar que ali estaria feliz e contente, meu lindo passarinho, também eu me alegraria. Mas o que acontece agora? Como se não bastasse que pessoas más lhe tenham estragado a vida, qualquer calhorda, vadio a ofende. Porque a casaca lhe assenta como uma luva, porque o lornhão com que o desavergonhado a olha é de ouro, faz o que bem entende, e você ainda tem de ouvir com resignação as palavras indecentes dele! Basta, não é, pombinha? E por que as coisas têm de ser assim? Porque é órfã, porque é indefesa, porque não tem um amigo forte, que lhe possa dar um amparo decente? Pois que tipo de homem é esse, que tipo de gente é essa, a quem não custa nada ofender uma órfã? Isso é lixo, não é gente, é simplesmente lixo; são apenas enumerados como gente, mas na verdade não o são, e disso estou certo. É isso o que essa gente é! Mas, na minha opinião, minha querida, aquele tocador de realejo que encontrei hoje na Gorókhovaia inspira muito mais respeito do que eles. Embora ande o dia todo e se esfalfe, à espera de um tostão furado, imprestável para o seu sustento, em compensação é senhor de si mesmo e garante o próprio sustento. Não quer pedir esmolas, em compensação trabalha para o prazer das pessoas, como uma máquina de engrenagem — aí está, diz ele, com o que lhes posso proporcionar prazer. É pobre, é verdade que é pobre, sempre

Gente pobre

foi pobre assim; mas em compensação é um pobre honrado; pode estar cansado, transido de frio, mas está sempre trabalhando, embora à sua maneira, mas ainda assim trabalha. E há muita gente honesta, minha filha, que pode ganhar pouco, na medida da utilidade de seu trabalho, mas não se verga a ninguém, nem vai pedir pão a ninguém. Pois também sou exatamente assim, como esse tocador de realejo, quer dizer, eu não sou assim, não sou absolutamente como ele, mas num certo sentido, no que se refere à distinção, à nobreza sou exatamente assim, como ele, trabalho na medida das minhas forças, faço o que posso, por assim dizer. Mais não posso fazer; e se não posso, então, paciência.

Pus-me a falar desse tocador de realejo, minha filha, porque calhou-me hoje de sentir em dobro a minha pobreza. Parei para ver o tocador de realejo. Arrastavam-se-me à cabeça uns pensamentos — então eu parei, para dissipá-los. Estávamos ali eu, uns cocheiros, uma jovenzinha e havia ainda uma garota pequena, toda suja. O tocador de realejo se instalou debaixo de uma janela. Noto a presença de um garotinho, um menino de uns dez anos; era para ser bonitinho, se não fosse seu aspecto tão enfermiço e mirrado, estava só com uma camisinha e alguma outra coisa mais, praticamente descalço, ouve a música boquiaberto — o que é a infância! olhava admirado como dançam as bonecas do alemão; as mãos e os pés estão congelados, mas mordisca a pontinha da manga tiritando. Reparo que tem nas mãos um papelzinho. Passou um senhor e atirou uma moedinha pequena ao tocador de realejo; a moedinha foi cair precisamente numa caixa com um cercadinho, na qual era exibido um francês que dançava com as damas. Mal a moedinha tilintou, o meu menino estremeceu, olhou timidamente em redor e, pelo visto, pensou que fora eu a dar o dinheiro. Correu para mim, com as mãozinhas tremendo, a vozinha tremendo, estendeu-me o papelzinho, e diz: é um bilhete! Desdobrei o papel — o que já era de se esperar: dizia, meus benfeitores, uma mãe de três filhos

136   Fiódor Dostoiévski

está morrendo, as crianças estão passando fome, então ajude-nos agora e assim, quando morrer, não os esquecerei no outro mundo, meus benfeitores, por não terem agora se esquecido de meus pequeninos. E daí, nada de mais; a situação é clara, isso é uma coisa corriqueira, mas o que podia eu lhe dar? E não lhe dei nada. Mas que pena me deu! Um menino palidozinho, azulado de frio, talvez também faminto, e não está mentindo, realmente, não está mentindo; conheço bem essas coisas. O mal está nessas mães desnaturadas que não cuidam dos filhos e os mandam para a rua seminus com bilhetes num frio desses. Talvez ela seja uma mulher estúpida, sem caráter; pode ser até que não tenha ninguém para ajudá-la e tenha mesmo de ficar em casa, com as pernas encolhidas e doente de verdade. Mas, assim mesmo, deveria se dirigir ao devido lugar; mas, pensando bem, talvez seja simplesmente uma vigarista, que envia uma criança faminta e mirrada de propósito, para enganar as pessoas, e a leva a adoecer. E o que há de aprender o pobre menino com uns bilhetes desses? Só hão de endurecer-lhe o coração; fica só andando, correndo, pedindo. As pessoas passam, mas não têm tempo para ele. Elas têm coração de pedra; suas palavras são cruéis. "Dá o fora! desaparece! malandro!" É isso o que ele ouve de todos, seu coração de criança vai endurecendo, e o menino assustado e palidozinho, como se fosse um passarinho que caiu do ninhozinho destruído, treme de frio em vão. Tem as mãos e os pés gelados, sua respiração é ofegante. Você olha, ei-lo já tossindo; nem há muito o que esperar para que a doença, qual um réptil imundo, se ponha a rastejar para o seu peito, e quando você olha, a morte já paira sobre ele em algum canto fedorento, sem saída, sem socorro — e aí está toda a sua vida! Há vidas que são assim mesmo! Oh, Várienka, que martírio é ouvir um pelo amor de Deus e fazer de conta que não percebeu, não dar nada, e dizer: "Que Deus lhe ajude". Há certos pelo amor de Deus que não nos comovem. (Há vários tipos de pelo amor de Deus, minha filha.) Há um que é longo,

Gente pobre

137

esticado, habitual, decorado, de mendigo mesmo; a esse ainda não é tão martirizante não dar esmola; esse é um mendigo inveterado, de longa data, mendigo por ofício, esse está habituado, você pensa, ele aguenta e sabe como aguentar. Mas há um pelo amor de Deus que é insólito, rude, assustador — como um de hoje, quando fui pegar o bilhete do menino, perto da cerca mesmo parou um homem, e não era para todos que pedia, diz-me: "Meu senhor, dê-me uma moeda, pelo amor de Deus!" — sua voz era tão entrecortada e rude que estremeci, tomado por um sentimento terrível, mas não lhe dei a moeda: não tinha. E depois a gente rica não gosta de ouvir os pobres se queixando da sua má sorte — dizem que incomodam, que são impertinentes! A pobreza é sempre impertinente mesmo — talvez porque seus gemidos famintos lhes perturbem o sono!

Devo confessar-lhe, minha querida, que comecei a descrever-lhe isso tudo em parte para aliviar o coração, mas mais para lhe mostrar um exemplo de como é bom o estilo das minhas composições. Pois com certeza há de reconhecer por si mesma, minha filha, que de algum tempo para cá meu estilo começou a se formar. Mas agora apoderou-se de mim uma angústia tão grande que eu próprio comecei a sentir compaixão dos meus pensamentos até o fundo da minha alma, embora eu mesmo saiba, minha filha, que a compaixão não leva ninguém a nada, mas mesmo assim é uma maneira de fazermos justiça a nós mesmos. E, realmente, minha querida, muitas vezes a gente se destrói sem qualquer motivo, não dá um vintém por si mesmo e se coloca abaixo de um caco qualquer. Mas se puder me expressar com uma comparação, então, talvez isso aconteça porque eu mesmo estou me sentindo intimidado e acuado, como deve ser o caso do menino pobrezinho que me pediu uma esmolinha. Agora vou lhe falar, digamos, alegoricamente, minha filha; então ouça-me bem: acontece-me às vezes, minha querida, de manhã cedo, quando estou indo para o trabalho, de contemplar a cidade, como ela acorda, levanta, fumega, ferve e faz ruídos — e aí às vezes, diante de um tal espetáculo, você se deprecia, como se tivesse levado um piparote de alguém no nariz curioso, e então larga mão de tudo, baixa a crista e se arrasta pelo seu caminho, mais quieto que a água e mais encolhido que a grama! Agora veja bem o que se passa nesses prédios de aluguel grandes, enegrecidos e cobertos de fuligem, aprofunde-se bem nisso e então julgue por si mesma se fui justo ao me colocar sem razão abaixo de um caco, entrando numa confusão indigna. Repare, Várienka, que estou falando alegoricamente, e não no sentido direto. Bem, vejamos, o que se passa dentro desses prédios? Ali, em algum canto enfumaçado, num cubículo úmido qualquer que por necessidade se chama de apartamento, um artesão qualquer acaba de acordar; passou a noite toda sonhando, para dar um exemplo, com as botas que ontem, por descuido, cortou demais, como se a pessoa tivesse de sonhar justamente com uma porcaria dessas! Bem, está certo que é um artesão, um sapateiro: é perdoável que só pense em seu trabalho o tempo todo. Tem lá em casa os filhos que choram e a mulher faminta; e não são apenas os sapateiros que às vezes se levantam assim, minha querida. Isso não quer dizer nada, e nem valeria a pena escrever sobre isso, no entanto olhe a circunstância que resulta disso, minha filha: ali mesmo, naquele mesmo prédio, um andar acima ou abaixo, em salões dourados, um senhor riquíssimo talvez tenha passado a noite sonhando com as mesmas botas, isto é, botas de um outro tipo, de um outro modelo, mas apesar de tudo botas; já que nesse sentido aqui por mim pressuposto, minha filha, todos nós, minha querida, somos um pouco sapateiros. E isso não tem nada de mais, o mal está em não haver ninguém junto desse senhor riquíssimo, não haver uma única pessoa que lhe sussurre ao ouvido, que lhe diga: "pare de pensar nisso, de pensar só em si mesmo, de viver só para si mesmo, ora, você não é sapateiro, seus filhos estão com saúde e sua mulher não precisa mendigar para comer; olha à

Gente pobre

139

sua volta, será que não encontrará um objeto mais nobre do que suas botas para as suas preocupações?". Era isso o que queria lhe dizer alegoricamente, Várienka. Esse talvez seja um pensamento avançado demais, minha querida, mas esse pensamento às vezes me ocorre, às vezes ele vem e aí, sem querer, escapam-me do coração palavras ardentes. E é por isso que não havia motivo para eu considerar que não valho um vintém, ao me assustar com o barulho e o trovão! Para concluir, minha filha, talvez ache que estou lhe dizendo uma calúnia, ou que estou deprimido, ou que copiei isso de algum livro? Não, minha filha, não se engane — não é isso: tenho nojo da calúnia, não estou deprimido nem copiei nada de livro nenhum — aí é que está!

Cheguei em casa num estado de espírito deplorável, aqueci a água de minha chaleira, sentei-me à mesa e me preparei para tomar um ou dois copinhos de chazinho. De repente vejo Gorchkov, nosso inquilino pobre, entrando em meu quarto. Já de manhã reparei que ele passou o tempo todo rodeando os inquilinos e querendo se aproximar de mim. E, diga-se de passagem, minha filha, a vidinha deles é incomparavelmente pior que a minha. E como! a mulher, os filhos! De modo que, se eu fosse Gorchkov, nem sei o que faria no lugar dele! Pois bem, meu Gorchkov entrou, faz uma reverência, como sempre tem nas pestanas uma lagrimazinha remelenta, arrasta os pés, mas ele mesmo não consegue dizer as palavras. Instalei-o numa cadeira, por sinal quebrada, pois não havia outra. Ofereci-lhe um chazinho. Ele pediu desculpas, ficou se desculpando, no entanto acabou pegando um copo. Estava querendo tomá-lo sem açúcar e recomeçou a pedir desculpas, quando me pus a convencê-lo de que era necessário colocar açúcar, passou um tempo discutindo, recusando, até que colocou em seu copo o menor torrãozinho e pôs-se a assegurar-me de que o chá estava doce demais. Veja a que ponto de depreciação a miséria leva uma pessoa! "Mas, e então, o que há, meu amigo?" — disse-lhe eu. "Sabe o que é, diz ele, o senhor é o meu benfeitor, Makar Alieksiêievitch, tenha piedade, preste uma ajuda a uma família infeliz; minha mulher e meus filhos não têm o que comer; veja como é penoso para mim, o pai deles, dizer isso!" Dispunha-me já a falar, mas ele me interrompeu: "Eu, aqui, diz ele, tenho medo de todos, Makar Alieksiêievitch, quer dizer, não que tenha medo, mas, sabe como é, vergonha; eles são uma gente orgulhosa e presunçosa. Eu, diz, nem o teria incomodado, meu amigo e benfeitor: sei que o senhor mesmo teve contratempos, sei que muito não pode dar, mas empreste-me pelo menos alguma coisa; e atrevo-me a pedir-lhe, diz, porque conheço seu bom coração, sei que o senhor próprio passou por necessidades e que até agora está passando por provações — e que é por isso que seu coração sente compaixão". Para concluir, diz ele, perdoe o meu atrevimento e a minha indecência, Makar Alieksiêievitch. E eu lhe respondo que o ajudaria de todo coração, mas que não tenho nada, absolutamente nada. "Meu amigo, Makar Alieksiêievitch, diz-me ele — não é muito o que lhe peço, mas sabe o que é (nisso se fez todo rubro), minha mulher, diz, e meus filhos — estão com fome — uns dez copeques que seja." Bem, nessa altura, senti um aperto no coração. A que ponto, penso, me passaram a perna! Tudo o que me havia restado eram vinte copeques, e eu estava contando com eles: pensava gastá-los amanhã com minhas necessidades mais extremas. "Não, meu pombinho, não posso, sabe como é" — digo. "Meu amigo, Makar Alieksiêievitch, seja o que for, pelo menos dez copequezinhos." Eu então tirei da gaveta os meus vinte copeques e entreguei a ele, minha filha, tudo por uma boa causa! Eh, que miséria! Pusemo-nos a conversar: e como então o senhor, meu amigo, que está passando tanta necessidade, e diante de tamanha penúria, aluga um quarto de cinco rublos de prata?, pergunto-lhe. Explicou-me que alugara o quarto havia seis meses e pago três meses adiantados; mas depois a situação se complicou de tal modo que ficou sem saída, o coitado. Esperava que a essa altura seu caso já estivesse resolvido. E seu caso é desagradável. Sabe o que é, Várienka, está respondendo a um processo por alguma coisa. Está em litígio com um comerciante que fez trapaças com o tesouro público; o embuste foi descoberto, o comerciante foi processado, mas em sua trapaça criminosa ele enredou também Gorchkov, que de alguma maneira está relacionado com isso. Mas na verdade Gorchkov é culpado apenas por negligência, por imprudência e por um descuido imperdoável no que se refere aos interesses do tesouro público. O caso já dura vários anos: estão sempre surgindo obstáculos de todo tipo contra Gorchkov. "Quanto à desonestidade que me imputam — diz-me Gorchkov —, sou inocente, não tenho culpa de nada, não tenho nenhuma culpa da trapaça nem do roubo." O caso comprometeu um pouco sua reputação; foi despedido do serviço e, embora não tenham considerado grave a sua culpa, entretanto até a sua completa absolvição não poderá obter do comerciante uma importância significativa em dinheiro que lhe é devida e que está em litígio no tribunal. Eu acredito nele, mas o tribunal não acredita em sua palavra; é um caso tão complicado, está tudo tão enganchado numa tal trama que nem em cem anos vai se desenredar. Mal ela começa a se desmaranhar um pouco, o comerciante vem com mais e mais ganchinhos. Eu realmente me compadeço por Gorchkov, minha querida, sinto muito por ele. O homem está sem emprego; não é aceito em lugar nenhum, porque não confiam nele; todas as suas reservas foram consumidas; e, ainda por cima, sem mais nem menos, fora de qualquer propósito, nasceu-lhe mais um filho — é claro que tiveram despesas; um filho adoeceu — mais despesas, morreu — mais despesas; a mulher está doente; e ele sofre de uma doença crônica: em suma, é sofrimento e mais sofrimento. Entretanto, diz que está esperando por estes dias uma decisão favorável para o seu caso e que quanto a isso já não tem nenhuma dúvida. Tenho pena, muita pena mesmo dele, minha filha! Eu o cumulei de atenção. É um homem desnorteado, confuso;

busca proteção, e eu o cumulei de atenção. Bem, então até logo, minha filha, fica com Deus e passe bem. Minha pombinha! Quando me lembro de você, é como se colocasse um remédio em minha alma dolorida, e embora sofra por você, mesmo esse sofrimento me faz feliz.

Seu verdadeiro amigo
Makar Diévuchkin

9 DE SETEMBRO

Varvara Alieksiêievna, minha filha!

Escrevo-lhe ainda completamente fora de mim, todo abalado por um acontecimento terrível. Minha cabeça ainda está rodando. Sinto que tudo gira à minha volta. Ah, minha querida, o que tenho para lhe dizer agora! Nem sequer pressentíamos uma coisa dessas. Ou, antes, não acredito que não tivesse pressentido; eu pressentia isso tudo. Meu coração sentiu isso tudo antecipadamente! Outro dia cheguei a sonhar com algo parecido.

Veja o que aconteceu! Vou lhe contar sem estilo, tal como o Senhor me puser na alma. Fui hoje para o serviço. Chego, sento-me e ponho-me a escrever. É preciso que saiba, minha filha, que ontem também fiquei escrevendo. Pois bem, foi assim, ontem Timofiéi Ivánovitch chega para mim e trata de encarregar-me pessoalmente de — aqui está, diz, um documento importante e urgente. Faça uma cópia, Makar Alieksiêievitch, diz ele, com urgência, com o máximo de cuidado e o mais limpa possível: para ser assinada ainda hoje. É preciso que repare, meu anjinho, que no dia de ontem eu não estava em meu estado normal, nem vontade tinha de olhar para nada; estava tomado por uma tristeza, uma melancolia!

Gente pobre

143

Sentia frio no coração e apenas trevas na alma; na memória só tinha você, minha pobre estrelinha. E foi assim que me pus a fazer a cópia; fiz uma cópia limpa, boa, só não sei lhe dizer com exatidão se foi o próprio imundo a me confundir, se foram os desígnios secretos do destino ou, simplesmente, se foi o que tinha de ser — acontece que pulei uma linha inteira; sabe-se lá que sentido resultou disso, simplesmente, saiu sem nenhum sentido. Como ontem se atrasaram com este documento, só hoje o entregaram a Sua Excelência para ser assinado. E hoje, como se nada tivesse acontecido, apareci na hora de costume e me acomodo ao lado de Emielián Ivánovitch. Devo adverti-la, querida, que de uns tempos para cá comecei a ficar com vergonha e a sentir o dobro do escrúpulo de antes. Nos últimos tempos nem mesmo olhava para ninguém. Mal ouço o ranger de uma cadeira, já me sinto mais morto do que vivo. Exatamente como hoje, estou sentado encolhido, quieto, como um ouriço, tanto que Iefim Akímovitch (implicante como ele não há ninguém na face da Terra) disse alto e bom som: por que o senhor, Makar Alieksiêievitch, diz ele, está sentado tão u-u-u? e nisso fez um tal trejeito que todos os que estavam ao lado dele e ao meu lado se esborracharam de rir, e, evidentemente, à minha custa. E foram em frente, foram em frente! Tapei os ouvidos, semicerrei os olhos e fico quieto, sem me mexer. Já é esse o meu costume; e dessa forma param mais depressa. De súbito começo a ouvir um barulho, uma correria, uma azáfama; ouço — mas não acredito em meus ouvidos! estão me chamando, exigindo a minha presença, estão chamando Diévuchkin. Meu coração pôs-se a tremer no peito, e nem eu mesmo sei por que me assustei; só sei que me assustei como nunca antes havia me assustado em minha vida. Fiquei cravado à cadeira — e como se nada estivesse acontecendo, como se não fosse comigo. Mas eis que recomeçaram, e cada vez mais próximo. Depois já bem ao meu ouvido: diz, Diévuchkin! Diévuchkin! Onde está o Diévuchkin? Levanto os olhos: diante de mim está Evstáfi Ivánovitch; ele diz: "Makar Alieksiêievitch, apresente-se à Sua Excelência, depressa! O senhor cometeu uma desgraça com aquele documento!". Foi a única coisa que disse, mas foi o bastante, não é verdade, minha filha, que fora dito o bastante? Fiquei lívido, hirto, privado dos sentidos, e fui — é verdade que fui mais morto do que vivo. Fizeram-me atravessar uma sala, uma outra sala e uma terceira sala, até o gabinete — me apresentei! Um relato exato do que pensava naquele momento não lhe posso fazer. Vejo Sua Excelência de pé e eles todos à sua volta. Parece que nem sequer fiz reverência; me esqueci. Estava tão perplexo que me tremiam não só os lábios como me tremiam as pernas. E razão havia, minha filha. Em primeiro lugar, a vergonha; lancei um olhar à direita, para o espelho, e com o que vi lá tinha motivo, pura e simplesmente, para enlouquecer. Em segundo lugar, sempre fiz tudo para que parecesse que não existo. De modo que é pouco provável que Sua Excelência tivesse conhecimento de minha existência. Talvez tivesse ouvido assim, de passagem, que em seu departamento tem um Diévuchkin, mas sem nunca terem entrado em maiores detalhes.

Começou enfurecido: "Como pôde fazer isso, meu senhor? Para onde olha o senhor? um documento importante, que tinha urgência, e o senhor o estraga. Como o senhor me faz uma coisa dessas?" — nesse momento Sua Excelência dirigiu-se a Evstáfi Ivánovitch. Ouço apenas os sons das palavras chegando até mim: "Negligência! imprudência! Pode nos causar aborrecimentos!". Ia abrir a boca para dizer algo. Quis pedir desculpa e não consegui, fugir — não me atrevi, e nisto... nisto, minha filha, aconteceu uma coisa que até agora mal consigo segurar a pena de vergonha. O meu botão — o diabo que o carregue —, um botão que estava preso apenas por um pedacinho de linha de súbito se desprendeu, caiu e pôs-se a saltar (devo ter tocado nele sem querer), a tilintar, a rodar, e no fim das contas o maldito foi parar aos pés de Sua Excelência, e isso tudo em meio a um silêncio geral!

E lá se foi toda a minha justificativa, toda a minha desculpa, toda a resposta, tudo o que eu tencionava dizer a Sua Excelência! As consequências foram terríveis! Sua Excelência imediatamente reparou em meu aspecto e em meus trajes. Lembrei-me do que vira no espelho: precipitei-me a apanhar o botão! Deu-me a louca! Abaixei-me, querendo apanhar o botão — ele rola, gira, não consigo apanhá-lo, em suma, distingui-me também no que se refere à habilidade. Nisto sinto que minhas últimas forças estão me abandonando e que tudo, tudo está perdido! Toda a minha reputação estava perdida, era um homem completamente acabado! E então, sem mais nem menos, Teresa e Faldoni começaram a ressoar em meus dois ouvidos. Por fim apanhei o botão, levantei-me, estiquei-me e, se não fosse um imbecil, teria ficado quieto, em posição de sentido! Mas não: pus-me a querer fixar o botão na linha rompida, como se ele fosse colar; e ainda por cima sorrio, e ainda por cima sorrio. Sua Excelência primeiro virou-se para o lado, depois tornou a olhar para mim, ouço que diz a Evstáfi Ivánovitch: "Como é possível?... olha para o aspecto dele!... como ele está!... o que há com ele?...". Ah, minha querida, o que há nisso — como ele está? E, o que há com ele? Distingui-me! Ouço que Evstáfi Ivánovitch diz: "Não é repreendido; nunca foi repreendido, é de conduta exemplar, o ordenado é satisfatório, de acordo com o salário..." — "Então ajudem-no de alguma maneira — diz Sua Excelência. — Podemos dar-lhe um adiantamento..." — "Mas já pediu, dizem, aqui está por quanto tempo pediu adiantado. Pelo jeito foram as circunstâncias, porque tem boa conduta e não é repreendido, nunca foi repreendido." Eu, meu anjinho, ardia, ardia no fogo do inferno! Queria morrer! "Então, diz Sua Excelência em voz alta — é preciso fazer outra cópia rapidamente; venha cá, Diévuchkin, torne a fazer a cópia sem erros, e ouça..." Nisso Sua Excelência virou-se para os outros, deu-lhes várias ordens e todos se dispersaram. Mal se dispersaram, Sua Excelência tira apressadamente a carteira e, dela, uma nota de cem rublos. "Veja — diz ele —, é o que posso fazer, considere-o como quiser..." e a enfiou em minha mão. Eu, meu anjinho, estremeci, toda a minha alma ficou transtornada; não sei o que aconteceu comigo; já ia agarrar sua mãozinha. Mas ele enrubesceu todo, minha pombinha, e olha que não me afasto nem um fiozinho de cabelo da verdade, minha querida: pegou em minha mão indigna e a apertou, ainda assim pegou e apertou, como se fosse a de um seu igual, como se fosse a de alguém como ele próprio, um general. "Pode retirar-se, diz, com o que puder ajudar... Não cometa erros, porque agora partilhamos a responsabilidade."

Agora, minha filha, veja o que decidi: eu lhe peço, e também a Fiódora, e se tivesse filhos também lhes ordenaria que rezassem a Deus. Isto é, da seguinte maneira: que rezassem não pelo próprio pai, mas que rezassem por Sua Excelência todos os dias e para sempre! E digo mais, minha filha, e o digo solenemente — ouça-me bem, minha filha —, juro que por mais perdido que estivesse, por causa da minha mágoa espiritual dos dias cruéis da nossa desdita, ao olhar para você, para a sua desgraça, e para mim mesmo, para a minha humilhação e a minha inépcia, apesar disso tudo, juro-lhe que os cem rublos não me são tão caros quanto o fato de Sua Excelência em pessoa ter se dignado a apertar-me a mão indigna, a mim, um pulha, um bêbado! Com isso ele restituiu-me a mim próprio. Com este gesto, ressuscitou o meu espírito, tornou minha vida mais doce para sempre, e estou firmemente convencido de que, por mais pecados que eu tenha aos olhos do Todo-Poderoso, minhas preces pela felicidade e pela prosperidade de Sua Excelência chegarão até seu trono!...

Minha filha! Encontro-me num estado de grande emoção, de grande transtorno espiritual! Meu coração bate como se quisesse saltar-me do peito. E parece que eu mesmo estou todo como que enfraquecido. Envio-lhe quarenta e cinco rublos em nota, vinte estou dando à senhoria e trinta e cinco deixo para mim: com vinte ponho a roupa em ordem e quinze deixo para as despesas do dia a dia. E somente agora dou-me conta de como estas impressões todas desta manhã abalaram toda a minha existência. Vou deitar-me um pouco. Aliás, me sinto tranquilo, muito tranquilo. Apenas o coração está transbordando, e, lá no fundo, dá para ouvir minha alma tremer, palpitar e se agitar. Irei visitá-la, mas agora estou simplesmente embriagado com todas estas sensações... Deus vê tudo, minha filha, minha inestimável pombinha!

Seu digno amigo
Makar Diévuchkin

10 DE SETEMBRO

Meu amável Makar Alieksiêievitch!

Estou indescritivelmente contente com a sua felicidade e sei apreciar as virtudes de seu chefe, meu amigo. Pois bem, agora poderá descansar de suas amarguras! Mas, pelo amor de Deus, não volte a gastar dinheiro com coisas inúteis. Procure viver tranquilo, com toda a modéstia possível, e a partir de agora comece a pôr sempre de lado um dinheirinho que seja, para que, numa hora de infelicidade, não torne a ser pego desprevenido. Não se preocupe conosco, pelo amor de Deus. Fiódora e eu vamos nos arranjando. Para que nos enviou tanto dinheiro, Makar Alieksiêievitch? Não precisamos, absolutamente. Estamos satisfeitas com o que temos. É verdade que em breve precisaremos de dinheiro para a nossa mudança deste apartamento, mas Fiódora tem a esperança de receber de uma certa pessoa uma dívida antiga, de muito tempo. Pensando bem, fico com vinte rublos para o caso de alguma necessidade extrema. O resto envio-lhe de volta. Poupe o dinheiro, por favor, Makar Alieksiêievitch. Até logo, agora

procure viver em paz, com saúde e alegria. Queria escrever-
-lhe mais, mas sinto muito cansaço, ontem passei o dia todo
sem me levantar da cama. Fez bem em prometer vir nos visitar. Venha me ver, por favor, Makar Alieksiêievitch.

V. D.

11 DE SETEMBRO

Minha encantadora Varvara Alieksiêievna!

Eu lhe imploro, minha querida, para que não se afaste
de mim agora, neste momento em que estou realmente feliz
e satisfeito com tudo. Minha pombinha! Não dê ouvido a
Fiódora e farei tudo o que quiser; vou me comportar bem,
até por respeito à Sua Excelência, vou me comportar bem e
com distinção. Vamos voltar a escrever cartas felizes um ao
outro, confiar os nossos pensamentos um ao outro, as nossas
alegrias, as nossas preocupações, se houver preocupações;
vamos viver juntos em harmonia e felicidade. Havemos de
nos dedicar à literatura... Meu anjinho! Tudo mudou em meu
destino, e mudou para melhor. A senhoria se tornou mais
tratável, Teresa mais inteligente, até mesmo Faldoni ficou
mais ágil. Fiz as pazes com Rataziáiev. A alegria levou-me a
procurá-lo. Ele, na verdade, é um bom rapaz, minha filha, e
tudo o que diziam de ruim dele não passava de absurdos.
Descobri agora que foi tudo uma calúnia abominável. Ele
jamais chegou sequer a pensar em nos descrever: ele mesmo
me disse isso. Leu-me a sua nova obra. E o fato de me ter
chamado então de Lovelace, isso não tem nada de insultuoso
nem é uma denominação indecente: ele me explicou. Esta é
uma palavra tirada de uma palavra estrangeira e significa
rapaz hábil, ou, para exprimi-lo de um modo mais bonito,

Gente pobre

149

mais literário, significa *rapaz* — *com quem não se brinca* — é isso! não tem nada de mais. Foi uma brincadeira inocente, meu anjinho. E eu, ignorante, estúpido, me ofendi. Mas agora já lhe pedi desculpas... E o dia está tão maravilhoso hoje, Várienka, está tão agradável. É verdade que de manhã caiu uma garoa fina, peneirada. Mas não faz mal! Em compensação o ar ficou um pouquinho mais fresco. Saí para comprar um par de botas e comprei um incrível. Dei umas voltas pela Niévski. Li *A Abelha*.[38] Ah! já ia me esquecendo de contar o mais importante!

É o seguinte:

Hoje de manhã conversei com Emielián Ivánovitch e Aksiênti Mikháilovitch sobre Sua Excelência. É verdade, Várienka, não foi apenas a mim que ele tratou com tanta benevolência. Não fui o único a quem beneficiou e a bondade de seu coração é conhecida de todos. Por toda parte se cantam louvores em sua honra e se vertem lágrimas de gratidão por ele. Educou em sua casa uma órfã. Dignou-se a arranjar tudo para ela: casou-a com um homem conhecido, um funcionário que Sua Excelência tinha a seu lado para os encargos especiais. Arranjou emprego para o filho de uma viúva numa repartição e ainda fez muitas outras benfeitorias. Considerei que era minha obrigação, minha filha, somar a isso também a minha contribuição, e contei alto e bom som a todos o que Sua Excelência fez por mim; contei-lhes tudo, sem esconder nada. Escondi a vergonha no bolso. Que vergonha há nisso, o que é a vaidade diante de uma circunstância dessas? E ainda disse, em voz alta — pelas nobres ações de Sua Excelência! Falei com arrebatamento, falei com ardor, e sem enrubescer, ao contrário, orgulhoso de poder contar uma coisa dessas. Contei-lhes tudo (apenas no que se refere a você guardei um silêncio prudente, minha filha), mas sobre a minha senhoria,

---

[38] A revista reacionária *A Abelha do Norte*, editada por F. V. Bulgárin (1789-1859). (N. da T.)

Fiódor Dostoiévski

sobre Faldoni, sobre Rataziáiev, as botas, Márkov — contei tudo. Houve lá quem trocasse sorrisos, bem, é verdade que todos eles trocaram sorrisos. Vai ver que acharam alguma coisa de engraçado no meu aspecto, ou então foi por causa das minhas botas — por causa das botas, justamente. Eles não poderiam ter feito isso com má intenção. Foi porque são jovens, ou porque são gente rica, mas jamais poderiam ter rido do meu discurso com uma má intenção, por maldade. Ou seja, fazer algo à custa de Sua Excelência — isso eles não poderiam nunca fazer. Não é verdade, Várienka?

E até agora ainda não consegui me refazer de todo, minha filha. Essas ocorrências todas me deixaram tão transtornado! Tem lenha em casa, Várienka? Não vá se resfriar; não é difícil pegar um resfriado. Oh, minha filha, ainda me mata com seus pensamentos tristes. Rezo tanto a Deus, como peço a Ele por você, minha filha! Por exemplo, será que tem meias de lã, ou então alguma roupa assim mais quente? Veja lá, minha pombinha. Se precisar de alguma coisa, então, pelo amor ao Criador, não ofenda este velho. Deve recorrer logo a mim. Os tempos ruins agora ficaram para trás. Quanto a mim, não se preocupe. À nossa frente há de ser tudo tão radiante!

Foi uma época triste, Várienka! Mas agora tanto faz, já passou! Os anos vão passar e ainda havemos de suspirar por essa época. Lembro-me dos meus anos de juventude. Formidáveis! Às vezes chegava a ficar sem um copeque. Passava frio, fome, mas era alegre, e isso bastava. De manhã podia dar uma volta pela Niévski, encontrar um rostinho bonitinho e ficar feliz o resto do dia. Que época boa aquela, minha filha! É bom viver nesse mundo, Várienka! Sobretudo em Petersburgo. Foi com lágrimas nos olhos que me confessei ontem diante de Deus Nosso Senhor, para que o Senhor perdoe todos os meus pecados dessa época triste: meu descontentamento, meus pensamentos liberais, o escândalo e a exacerbação. Lembrei-me de você com enternecimento em minha oração. Foi a única pessoa, meu anjinho, a me encorajar, a única a me confortar, a advertir-me com bons conselhos e instruções. Nunca poderei me esquecer disso, minha filha. Hoje beijei todas as suas cartinhas, minha pombinha! Bem, até logo, minha filha. Dizem que num lugar aqui perto há uma farda à venda. Pois vou dar uma passada para ver. Então até logo, anjinho. Até logo.

Seu cordialmente devotado
Makar Diévuchkin

15 DE SETEMBRO

Excelentíssimo senhor
Makar Alieksiêievitch!

Estou muito abalada. Veja só o que nos aconteceu. Estou com um pressentimento fatídico. Mas julgue por si mesmo, meu inestimável amigo: o senhor Bíkov está em Petersburgo. Fiódora o encontrou. Ele estava num carro aberto, mandou pará-lo, aproximou-se de Fiódora e começou a perguntar-lhe onde morava. Ela, a princípio, não quis dizer. Depois ele disse, sorridente, que sabia quem está morando com ela. (Pelo visto Anna Fiódorovna lhe contou tudo.) A essa altura Fiódora não se conteve e ali mesmo na rua começou a acusá-lo, a repreendê-lo, a dizer-lhe que era um homem imoral, que era ele a causa de todas as minhas infelicidades. Ele respondeu que, quando não se tem um vintém, então é óbvio que a pessoa é infeliz. Fiódora lhe disse que eu teria podido ganhar a vida com meu trabalho, que teria podido me casar, ou então ter buscado uma colocação em algum lugar, mas que agora minha felicidade estava para sempre perdida, e que além do mais estou doente e morrerei logo. Ao que ele observou que ainda sou muito jovem, que ainda tenho a cabeça em fermentação e *que também as nossas virtudes se haviam extinguido* (são palavras dele). Fiódora e eu achávamos que ele não conhecia a nossa casa, mas eis que ontem, mal saí para as compras no Gostíni Dvor, ele de repente entra em nosso quarto; pelo jeito não queria me pegar em casa. Passou um longo tempo interrogando Fiódora sobre o nosso dia a dia; examinou tudo em casa, viu o meu trabalho, e por fim perguntou: "Quem é esse funcionário conhecido de vocês?". Nesse momento o senhor estava atravessando o pátio; Fiódora o apontou para ele; ele olhou e sorriu; Fiódora suplicou-lhe que fosse embora, disse-lhe que eu já estava doente por causa das minhas amarguras e que não me seria nada agradável vê-lo aqui. Ele não respondeu; disse que havia vindo à toa, porque não tinha nada a fazer, e quis dar vinte e cinco rublos a Fiódora; ela, evidentemente, não aceitou. O que teria significado isso? Para que terá ele vindo aqui? Não consigo entender, como pode saber de tudo a nosso respeito? Perco-me em conjecturas. Fiódora diz que Aksínia, uma cunhada dela que costuma nos visitar, conhece a lavadeira Nastácia e que o primo de Nastácia é guarda no mesmo departamento em que trabalha um conhecido do sobrinho de Anna Fiódorovna, pois, então, será que os mexericos não se teriam arrastado de alguma forma? Aliás, pode também muito bem ser que Fiódora esteja enganada; não sabemos o que pensar. Será que ele tornará a voltar aqui? Só de pensar já fico aterrorizada! Quando Fiódora me contou isso tudo ontem, fiquei tão assustada que por pouco não desmaiei de medo. O que mais eles querem? Eu agora não quero saber deles! Que assunto poderia ter ele para tratar comigo, uma coitada! Ah, estou tão apavorada; não paro de pensar que Bíkov pode entrar de um momento para outro. Que vai ser de mim? O que mais me reserva o destino? Pelo amor de Deus, venha para cá agora mesmo, Makar Alieksiêievitch. Venha, pelo amor de Deus, venha.

V. D.

18 DE SETEMBRO

Varvara Alieksiêievna, minha filha!

Hoje teve lugar em nosso apartamento um acontecimento extremamente triste, absolutamente inexplicável e inesperado. Nosso pobre Gorchkov (é preciso mencionar-lhe isto, minha filha) foi completamente absolvido. A decisão já havia saído faz tempo, mas hoje ele foi ouvir a resolução definitiva. O caso acabou portanto de maneira muito favorável a ele. Havia lá uma acusação de negligência e imprudência contra ele — mas foi completamente absolvido de tudo. O comerciante foi sentenciado a pagar em seu benefício uma importância significativa em dinheiro, de modo que até sua situação melhorou muito, além de ter se livrado de uma mancha em sua honra, e tudo ficou melhor — ou seja, o resultado foi a mais completa realização de seus desejos. Hoje chegou em casa às três horas. Estava lívido, branco como um pano, com os lábios tremendo, mas sorria — abraçou a mulher, os filhos. Nós fomos todos em bando cumprimentá-lo. Ele ficou realmente comovido com a nossa atitude. Cumprimentou-nos a todos, apertando a mão de cada um de nós várias vezes. Pareceu-me até que havia crescido, ficado mais ereto, e que já não trazia a lagrimazinha nos olhos. Estava tão emocionado, coitado. Não conseguia permanecer dois minutos no mesmo lugar; pegava tudo o que lhe caía às mãos e depois tornava a largar, não parava de sorrir e de nos cumprimentar, sentava, levantava, tornava a sentar, falava sabe Deus o quê — dizia: "A honra, a minha honra, o meu bom nome, meus filhos" — e falava de um jeito! começou até a chorar. A maioria de nós também derramou umas lágrimas. Rataziáiev, pelo jeito, queria animá-lo, e disse: "O que é a honra, meu amigo, quando não se tem o que comer; o dinheiro, meu amigo, o dinheiro é mais importante, é por isso que deve agradecer a Deus!" — e ao dizê-lo deu-lhe uma palmadinha no ombro. Pareceu-

-me que Gorchkov se ofendeu, isto é, não que tenha manifestado claramente descontentamento, mas lançou um olhar meio estranho para Rataziáiev e retirou a mão dele de seu ombro. Antes isso não teria acontecido, minha filha! Aliás, o temperamento varia muito de pessoa para pessoa, meu amorzinho. Eu, por exemplo, em meio a tanta alegria, não me teria mostrado orgulhoso; é que às vezes, minha querida, você manifesta uma reverência desnecessária e mesmo humilhação simplesmente por uma espécie de acesso de bondade da alma e excesso de suavidade do coração... mas, aliás, não é de mim que se trata! "É verdade, diz ele, o dinheiro também é bom; graças a Deus, graças a Deus!" E depois, durante todo o tempo que estivemos lá, ficou repetindo: "Graças a Deus, graças a Deus!..". Sua mulher encomendou um almoço mais requintado e mais abundante. Foi a própria senhoria que o preparou para eles. No fundo, nossa senhoria é uma boa pessoa. E até a hora do almoço Gorchkov não conseguia parar sentado em lugar nenhum. Passava pelo quarto de todos, convidado ou não. Vai entrando, sorri, senta-se numa cadeira, diz alguma coisa, e às vezes nem diz nada — e vai embora. No quarto do aspirante da Marinha chegou a pegar cartas nas mãos; fizeram-no até sentar-se para jogar em quatro. Ele começou a jogar, ficou jogando um pouco, se confundiu, fez uns absurdos com as cartas e, após três ou quatro lances, parou de jogar. "Não, diz ele, não vim para isso, estava apenas dando uma passada" — e saiu dali. Encontrou-me no corredor, pegou-me nas duas mãos, fitou-me diretamente nos olhos, mas de um modo bem esquisito; apertou-me a mão e se afastou, o tempo todo sorrindo, mas com um sorriso tão deprimente e estranho, um sorriso de defunto. A mulher dele chorava de alegria; havia tanta alegria no quarto deles, como em dia de festa. Terminaram logo de almoçar. Depois do almoço chegou a dizer à mulher. "Ouça, alminha, vou me deitar um pouco" — e foi para a cama. Chamou sua filhinha, pôs a mão na cabecinha da criança e ficou durante muito tem-

Gente pobre

po acariciando-a. Depois se voltou de novo à mulher: "Mas e o Piétienka? O nosso Piétia, diz ele, Piétienka?...". A mulher benzeu-se e ainda respondeu que ele havia morrido. "Sim, sim, eu sei, sei de tudo. Piétienka agora está no Reino dos Céus." A mulher, ao perceber que não estava em seu estado normal, que o acontecimento o havia transtornado por completo, diz-lhe: "Deveria dormir, alminha". "Sim, está bem, vou agora mesmo... um pouquinho" — nisso ele se virou para o outro lado, ficou um pouco deitado, depois tornou a se virar, queria dizer alguma coisa. A mulher não entendeu e perguntou-lhe: "O que é, meu amigo?". Mas ele não respondeu. Ela esperou um pouco — bem, pensou, adormeceu, e saiu por uma horinha para falar com a senhoria. Uma hora depois voltou — olha, o marido ainda não acordou e está deitado tranquilamente, sem se mexer. Achando que estivesse dormindo, sentou-se e pôs-se a fazer um trabalho. Ela conta que ficou uma meia hora trabalhando e que estava tão absorta em seus pensamentos que nem lembra o que pensava, diz apenas que até se esquecera do marido. Mas de súbito uma sensação de inquietude a fez voltar a si, e o que a surpreendeu mais do que tudo foi o silêncio sepulcral que reinava no quarto. Ela olhou para a cama e viu que o marido continuava a dormir na mesma posição. Então aproximou-se dele, arrancou-lhe de cima o cobertor, olhou — estava já frio — havia morrido, minha filha, Gorchkov estava morto, morreu de repente, como se tivesse sido atingido por um raio! E do que morreu — só Deus sabe. Isso me deixou tão abalado, Várienka, que até agora ainda não consegui recobrar os sentidos. Não dá para acreditar numa coisa dessas, que um homem possa morrer assim, tão simplesmente. Que pobre coitado, era um pobre-diabo esse Gorchkov! Ah, é o destino, mas que destino o dele! A mulher está em prantos, apavorada. A menina encafurnou-se num canto. No quarto deles está o maior rebuliço, uma grande confusão; vão fazer a perícia médica... não saberia dizer-lhe com certeza. Mas é uma pena, uma grande pena! É triste pensar que na verdade você não sabe nem dia nem hora... Pode morrer assim, sem mais nem menos...

Seu
Makar Diévuchkin

19 DE SETEMBRO

Prezada senhora
Varvara Alieksiêievna!

Apresso em comunicar-lhe, minha amiga, que Rataziáiev arranjou-me trabalho com um autor. Veio vê-lo uma pessoa e trouxe-lhe um manuscrito bem grosso — graças a Deus, é bastante trabalho. A única coisa é que está escrito de modo tão ilegível que nem sei por onde começar; exigem a máxima rapidez. Está todo escrito sobre coisas, que nem dá para entender... Combinamos quarenta copeques a folha. Escrevo-lhe isso tudo, minha querida, para que saiba que haverá um dinheiro extra. Bem, e agora até logo, minha filha. Vou começar já a trabalhar.

Seu fiel amigo,
Makar Diévuchkin

23 DE SETEMBRO

Meu querido amigo
Makar Alieksiêievitch!

Já há três dias, meu amigo, que não lhe escrevo nada, no entanto tenho tido muitas, muitas preocupações e inquietações.
Anteontem Bíkov esteve aqui. Eu estava sozinha, Fiódora havia saído. Abri-lhe a porta e assustei-me ao vê-lo que não conseguia me mover do lugar. Senti-me empalidecer. Ele entrou rindo alto, como de hábito, pegou numa cadeira e sentou-se. Demorei a voltar a mim, por fim sentei-me num canto com meu trabalho. Ele parou logo de rir. Pelo visto minha aparência o deixara impressionado. Emagreci muito nos últimos tempos; estou com as faces e os olhos cavados e estava branca como um lenço... para quem me conheceu um ano atrás, deve ser realmente difícil reconhecer-me. Fixou os olhos em mim por um longo tempo, e por fim tornou a se alegrar. Disse qualquer coisa; não lembro o que lhe respondi, e ele tornou a rir. Ficou aqui sentado durante uma hora; conversou bastante tempo comigo; interrogou-me sobre algumas coisas. Por fim, antes de se despedir, pegou-me na mão e disse (escrevo-lhe palavra por palavra): "Varvara Alieksiêievna! Aqui entre nós, Anna Fiódorovna, sua parenta e minha conhecida e amiga íntima, é uma mulher ignóbil. (E ainda a chamou por um nome indecente.) Desencaminhou a sua priminha e arruinou também a sua vida. De minha parte, nesse caso também me comportei como um canalha, mas, enfim, isso são coisas da vida". E soltou uma gargalhada. Depois disse que não era mestre em falar com eloquência e que o importante, o que era necessário explicar e sobre o que seu dever de nobreza o obrigava a não silenciar, ele já explicara, e que, resumindo, passava para o restante. E aí declarou que vinha pedir a minha mão, que considera seu dever devolver-

158   Fiódor Dostoiévski

-me a honra, que é rico e, após o casamento, me levará para a sua propriedade de campo na estepe, e lá ele quer caçar lebres; que em Petersburgo não volta nunca mais, porque se sente enojado em Petersburgo, que aqui em Petersburgo, como ele mesmo se exprimiu, ele tem um sobrinho imprestável, ao qual jurou deserdar, e que era sobretudo por esta razão, isto é, por desejar ter herdeiros legítimos, que vinha pedir a minha mão, e que este é o principal motivo de seu pedido de casamento. Depois observou que estou vivendo na mais completa pobreza, que não é de se admirar que esteja doente, vivendo numa choça dessas, predisse-me uma morte iminente, se continuar assim por mais um mês que seja, disse que os apartamentos em Petersburgo dão nojo, e por fim perguntou-me se não estou precisando de alguma coisa.

Fiquei tão perplexa com sua proposta que comecei a chorar, nem eu mesma sei por quê. Ele tomou as minhas lágrimas por gratidão e disse-me que sempre esteve convencido de que eu era uma moça boa, sensível e culta, mas, por outro lado, não se decidira a tomar esta medida senão após informar-se minuciosamente sobre a minha conduta atual. E aí começou a fazer perguntas sobre o senhor, disse que soube de tudo, que o senhor é um homem de princípios nobres, e de sua parte não quer ficar em dívida com o senhor, quer saber se ficaria satisfeito com quinhentos rublos como pagamento por tudo o que fez por mim. Quando lhe expliquei que não se paga com dinheiro o que o senhor fez por mim, então ele disse que era tudo um disparate, coisa de romances, que ainda sou muito nova e leio muita poesia, que os romances levam as jovens à perdição, que os livros só servem para corromper a moral, e ele não pode suportar nenhum tipo de livro; aconselhou-me a chegar à sua idade e então falar sobre as pessoas; "Só então — acrescentou ele — é que poderá conhecer as pessoas". Depois disse-me para refletir bem sobre a sua proposta, que não lhe seria nada agradável se eu desse um passo tão importante precipitadamente, acrescentou que

Gente pobre

159

a precipitação e o arroubo levam a juventude inexperiente à perdição, mas que deseja muito uma resposta favorável da minha parte, caso contrário será obrigado a se casar em Moscou com a filha de um comerciante, porque, diz ele, jurei deserdar o imprestável do meu sobrinho. Contra a minha vontade, deixou quinhentos rublos sobre o bastidor, como ele disse, para balas; disse que no campo ficarei gorda como uma panqueca, que com ele vou rolar como queijo na manteiga, que agora está muito ocupado, pois andou o dia todo tratando de seus negócios e, entre um compromisso e outro, passou para me ver. E aí saiu. Passei muito tempo pensando e repensando, torturei-me pensando, e por fim, meu amigo, tomei uma decisão. Meu amigo, caso-me com ele, tenho de aceitar a sua proposta. Se há alguém que pode me livrar de minha vergonha, restituir-me um nome honrado, prevenir-me da pobreza, da privação e de infelicidades futuras, esse alguém é ele, unicamente ele. Que mais posso esperar do futuro, o que mais posso pedir ao destino? Fiódora diz que não se deve rejeitar a sorte; ela diz — mas o que, nesse caso, se chama sorte? Eu, pelo menos, não vejo outro caminho para mim, meu inestimável amigo. O que vou fazer? Trabalho, mas com isso já acabei com a minha saúde; trabalhar regularmente não posso. Servir a estranhos? — definharia de angústia, e além do mais não satisfaria a ninguém. Sou doente por natureza e por isso serei sempre um fardo na mão dos outros. É claro que mesmo agora não estou indo para o paraíso, mas o que posso fazer, meu amigo, o que posso fazer? Que escolha tenho eu?

Não lhe pedi conselhos. Queria refletir sozinha. A decisão que acaba de ler é irreversível e vou anunciá-la a Bíkov sem demora, que além do mais pressiona-me por uma decisão definitiva. Diz que seus negócios não podem esperar, que tem de partir e não os pode adiar por ninharias. Só Deus sabe se serei feliz, meu destino está em seu santo e insondável poder, mas tomei minha decisão. Dizem que Bíkov é uma boa pessoa; ele há de me respeitar; pode ser que eu também venha a respeitá-lo. Que mais posso esperar de nosso casamento?

Estou lhe informando tudo, Makar Alieksiêievitch. E estou certa de que compreenderá toda a minha angústia. Não tente dissuadir-me de minhas intenções. Seus esforços seriam inúteis. Pondere bem em seu próprio coração tudo o que me constrangeu a proceder assim. No início fiquei muito aflita, mas agora estou mais tranquila. O que vem pela frente, não sei. O que tiver de ser, será; seja o que Deus quiser!...

Bíkov chegou; deixo a carta inacabada. Ainda queria lhe dizer muita coisa. Bíkov já está aqui!

V. D.

23 DE SETEMBRO

Varvara Alieksiêievna, minha filha!

Apresso-me a responder-lhe, minha filha; apresso-me a comunicar-lhe, minha filha, que estou perplexo. Isso tudo parece-me irreal... Ontem sepultamos Gorchkov. Sim, é verdade, Várienka, é verdade; Bíkov procedeu com nobreza; só que está vendo, minha querida, também está de acordo. É claro que em tudo está a vontade divina; é verdade que isso deve ser necessariamente assim, isto é, a vontade divina deve necessariamente estar nisso; assim como é claro que a Providência do Criador Celeste é bendita e insondável e os destinos também, eles também são a mesma coisa. Fiódora também compartilha de sua decisão. É claro que agora será feliz, minha filha, viverá na abundância, minha pombinha, minha estrela, meu anjinho — mas veja bem, Várienka, por que isso tem de ser assim tão depressa?... Sim, os negócios... o senhor Bíkov tem negócios — é claro, e quem não tem negócios? ele também pode tê-los... eu o vi, quando saía de sua casa. É bem

Gente pobre

161

apessoado, um homem bem apessoado; um homem até muito bem apessoado. Mas tem algo de errado nisso, não se trata precisamente do fato de ser ele um homem bem apessoado, e além do mais agora estou um pouco fora de mim. A questão é, como vamos agora escrever cartas um ao outro? E eu, como é que eu vou ficar assim sozinho? Eu, meu anjinho, só faço ponderar, estou ponderando tudo, como me escreveu, pondero tudo em meu coração, todas as razões. Já havia terminado de copiar vinte folhas quando tiveram lugar esses acontecimentos! Minha filha, já que vai partir, precisa fazer uma porção de compras, vários pares de sapatos, um vestidinho, e, aliás, conheço até uma loja na Gorókhovaia; lembra-se de como ainda antes a descrevi toda? Não é possível! Mas como, minha filha, o que está havendo! pois não pode partir agora, é completamente impossível, não pode de maneira alguma. Pois tem uma porção de compras a fazer, e também tem de arranjar uma carruagem. Além disso, o tempo agora também está ruim; pois pense bem, chove a cântaros, e uma chuva tão úmida, e, ainda por cima... ainda sentirá frio, meu anjinho; seu coraçãozinho sentirá frio! Tem medo de gente estranha, mas está partindo. E eu, com quem vou ficar aqui sozinho? É verdade que Fiódora diz que uma grande felicidade a espera... acontece que ela é uma mulher desvairada e só quer me destruir. Vai hoje à missa da tarde, minha filha? Eu iria para vê-la. Uma coisa é verdade, minha filha, que é uma moça culta, virtuosa e sensível, pois melhor seria que ele se casasse com a filha do comerciante! O que acha, minha filha? melhor seria ele se casar com a filha do comerciante! Assim que escurecer, minha Várienka, passo para vê--la por uma horinha. Nessa época realmente escurece cedo, de modo que irei. Minha filha, hoje irei vê-la por uma horinha sem falta. Agora está à espera de Bíkov, mas assim que ele sair, então... Espere por mim, minha filha, eu irei...

Makar Diévuchkin

27 DE SETEMBRO

Meu amigo, Makar Alieksiêievitch!

O senhor Bíkov disse que preciso obrigatoriamente de três dúzias de camisas de tecido holandês. Portanto é necessário encontrar costureiras de roupas brancas para pelo menos duas dúzias, e temos muito pouco tempo. O senhor Bíkov está zangado, diz que é estardalhaço demais com estes pedaços de pano. Nosso casamento será em cinco dias, e no dia seguinte ao casamento partimos. O senhor Bíkov tem pressa, diz que não é preciso perder muito tempo com bobagens. Com tantos afazeres, estou exausta e mal posso manter-me de pé. Há um monte de coisas para fazer, mas a verdade é que melhor seria se não houvesse nada disso. E mais: falta-nos rendas de algodão e de seda, de modo que é preciso comprar mais, porque o senhor Bíkov diz que não quer que sua mulher ande como uma cozinheira; e diz que devo sem falta "pôr no chinelo as mulheres dos outros proprietários todos". É como ele próprio diz. Pois, então, Makar Alieksiêievitch, dirija-se, por favor, à casa de *madame* Chifon, na Gorókhovaia, e peça-lhe, em primeiro lugar, que nos mande umas costureiras, e, em segundo, que ela própria também faça o favor de vir. Eu, hoje, estou doente. Nossa nova casa é tão fria e está numa desordem terrível. A tia do senhor Bíkov está tão velha que mal consegue respirar. Tenho medo que morra antes de nossa partida, mas o senhor Bíkov diz que não é nada, que ela há de se restabelecer. Aqui em casa está tudo na mais completa desordem. O senhor Bíkov não está morando conosco, por isso a criadagem toda debanda, sabe Deus para onde. Às vezes só há a Fiódora para nos servir; e o camareiro do senhor Bíkov, que cuida de tudo, está desaparecido já há três dias, não se sabe onde. O senhor Bíkov passa por aqui todas as manhãs, sempre zangado, e ontem bateu no administrador da casa, pelo que teve aborreci-

Gente pobre

163

mentos com a polícia... Não havia ninguém para levar-lhe esta carta. Envio-a pelo correio municipal. Ah, sim! já ia me esquecendo do mais importante. Diga a *madame* Chifon que troque as rendas de seda sem falta, conforme a amostra de ontem, e que ela venha pessoalmente mostrar-me a nova escolha. E diga-lhe ainda que mudei de ideia a respeito do *canezou*;[39] que ele tem de ser bordado em crochê. E mais: as iniciais nos lenços devem ser bordadas com ponto vazado; está prestando atenção? com ponto vazado, e não com ponto cheio. Veja bem, não vá se esquecer de que é com ponto vazado! Ah, estava me esquecendo de outra coisa! Diga-lhe, pelo amor de Deus, para bordar as folhinhas na pelerine em relevo, as gravinhas e os espinhos em cordão, e depois costurar a gola com renda de algodão ou com falbalá. Transmita-lhe, por favor, Makar Alieksiêievitch.

Sua
V. D.

P. S. Sinto-me tão envergonhada por incomodá-lo o tempo todo com minhas incumbências. Anteontem mesmo passou a manhã toda correndo para mim. Mas o que fazer? Aqui em casa não há nenhuma ordem, e eu mesma estou adoentada. Então não se zangue comigo, Makar Alieksiêievitch. Que angústia! O que será disso tudo, meu amigo, meu querido, meu bom Makar Alieksiêievitch? Chego a ter medo de pensar no futuro. Estou cheia de pressentimentos e vivendo como que inebriada.

P. S. Pelo amor de Deus, meu amigo, não se esqueça de nada do que acabo de lhe dizer. Fico sempre com medo de

---

[39] Do francês: corpete sem manga, de tecido transparente, que se traz como adorno sobre o corpo do vestido. (N. da T.)

que cometa algum engano. Guarde bem, com ponto vazado, e não com ponto cheio.

V. D.

27 DE SETEMBRO

Prezada senhora
Varvara Alieksiêievna!

Executei suas incumbências todas com presteza. *Madame* Chifon diz que ela própria já pensava bordar com ponto vazado; que é mais conveniente, algo assim, já nem sei, não atinei muito bem. Escreveu-me ainda sobre falbalá, pois ela falou também do falbalá. Só que eu, minha filha, me esqueci também do que ela disse sobre o falbalá. Só lembro que falou muito; que mulher desagradável! O que é isso? Mas ela própria lhe contará tudo. Eu, minha filha, estou completamente exausto. Hoje nem fui trabalhar. Mas não se desespere à toa, minha querida. Para a sua tranquilidade, estou pronto a percorrer todas as lojas. Escreve que chega a ter medo de pensar no futuro. Mas hoje, por volta das sete, ficará sabendo de tudo. *Madame* Chifon irá pessoalmente à sua casa. Portanto, não se desespere; tenha esperança, minha filha; quem sabe tudo se arranje para melhor — isso mesmo. Estou com esse maldito falbalá na cabeça — ah, esse falbalá, esse falbalá! Eu iria vê-la, anjinho, iria, iria sem falta; já cheguei a me aproximar duas vezes do portão da casa de vocês. Mas tem Bíkov, isto é, quero dizer, o senhor Bíkov está sempre tão zangado, é por isso que não vou... o que se há de fazer!

Makar Diévuchkin

Gente pobre

165

28 DE SETEMBRO

Prezado senhor
Makar Alieksiêievitch!

Pelo amor de Deus, corra imediatamente ao joalheiro. Diga-lhe que não é preciso fazer os brincos com pérolas e esmeraldas. O senhor Bíkov diz que é luxo demais e custa os olhos da cara. Ele está zangado; diz que isso está além de suas posses, que o estamos saqueando, e ontem disse que se soubesse, se fizesse ideia das despesas, nem teria se metido nisso. Diz que assim que nos casarmos partiremos imediatamente, que não haverá convidados e que eu não espere que vá girar e dançar, pois para festas ainda falta muito. É assim que fala! Mas Deus é testemunha de que não preciso de nada disso. O próprio senhor Bíkov encomendou tudo. Nem me atrevo a responder-lhe nada: ele é tão irascível. Que vai ser de mim?

V. D.

28 DE SETEMBRO

Minha pombinha, Varvara Alieksiêievna!

Eu — isto é, o joalheiro diz que está bem; mas eu queria primeiro falar a meu respeito, que adoeci e não consigo me levantar da cama. Justamente agora, num momento em que há tanto o que fazer e sou necessário, fui apanhar um resfriado, o inimigo que o pegue! Comunico-lhe ainda que, para cúmulo das minhas desgraças, Sua Excelência também dignou-se a agir com severidade e gritou e ralhou muito com o Iemielián Ivánovitch, com isso acabou ficando extenuado, coitado. Veja que estou lhe informando acerca de tudo. É verdade, queria lhe escrever mais alguma coisa, mas receio importuná-la. É que eu, minha filha, sou um homem estúpido, simples, escrevo o que me vem à cabeça, de maneira que, talvez, veja nisso alguma coisa que... mas falar nisso para quê!

Seu
Makar Diévuchkin

29 DE SETEMBRO

Varvara Alieksiêievna, minha querida!

Hoje vi Fiódora, minha pombinha. Ela diz que o seu casamento é amanhã e que depois de amanhã partirá, que o senhor Bíkov já está alugando os cavalos. Quanto à Sua Excelência, já lhe informei, minha filha. E outra coisa: já verifiquei as contas da loja da Gorókhovaia; está tudo certo, só que saiu muito caro. Mas por que razão o senhor Bíkov se zanga com você? Bem, seja feliz, minha filha! Estou contente; e ficarei contente se estiver feliz. Iria à igreja, minha filha, mas não posso, doem-me os rins. Mas volto a insistir a respeito das nossas cartas: pois quem há de se encarregar de entregá-las para nós, minha filha? Ah, sim! Sei que beneficiou Fiódora, minha querida! Foi uma boa ação o que fez, minha amiga, fez muito bem. Foi uma boa ação! O Senhor há de abençoá-la por todas as suas boas ações. As boas ações não ficam sem recompensa, e a virtude há de ser sempre coroada com a coroa da justiça divina, mais cedo ou mais tarde. Minha filha! Gostaria de lhe escrever muita coisa, por mim lhe escreveria a toda hora, a todo minuto, escreveria tudo! Ainda tenho comigo um livrinho seu, os *Contos de Biélkin*, mas, sabe, minha filha, não o tome de volta, deixe-o comigo de presen-

Gente pobre 167

te, minha pombinha. E não porque queira tanto relê-lo. Mas como sabe por si própria, minha filha, vem aí o inverno; as noites serão longas, será uma tristeza, e então poderei ler. Eu, minha filha, me mudarei de meu apartamento para o seu antigo, Fiódora me alugará um quarto. Desta mulher honesta agora não me separo por nada, e além disso é tão trabalhadora. Ontem fiz uma inspeção detalhada em seu quarto vazio. Lá, o seu bastidor, ainda com o bordado, permanece tal como o deixou, intacto: está no cantinho. Examinei seu bordado. Ficaram ainda aqui alguns retalhos. E a linha que começara a bobinar em uma cartinha minha. Encontrei algumas folhinhas de papel sobre a mesinha, e numa folha está escrito: "Prezado senhor Makar Alieksiêievitch, apresso-me" — e mais nada. Pelo jeito alguém a interrompeu na parte mais interessante. No canto, atrás do biombo, está a sua caminha... Minha pombinha!!! Bem, até breve, até breve; pelo amor de Deus, responda a esta cartinha o mais depressa possível.

Makar Diévuchkin

30 DE SETEMBRO

Meu inestimável amigo Makar Alieksiêievitch!

Tudo se cumpriu! Minha sorte está lançada, não sei qual, mas me submeto à vontade do Senhor. Partimos amanhã. Despeço-me do senhor pela última vez, meu inestimável amigo, meu benfeitor, meu querido! Não se aflija por minha causa, viva feliz, lembre-se de mim, e que a benção de Deus recaia sobre o senhor! Vou me lembrar sempre do senhor em meus pensamentos e em minhas orações. Eis que chegou ao fim esta época! Das lembranças do passado, é pouco o que levo de agradável para a minha nova vida; quanto mais preciosas forem as lembranças sobre o senhor, mais precioso será o senhor para o meu coração. É meu único amigo; foi a única pessoa que me amou aqui. Pois eu via tudo, eu sabia como o senhor me amava! Ficava feliz com um sorriso meu, com uma linha de minhas cartas. Terá de se desacostumar de mim agora. Como há de ficar sozinho aqui? Com quem ficará aqui, meu bom, precioso e único amigo? Deixo-lhe o livro, o bastidor e a carta iniciada; quando olhar para estas linhas que comecei a escrever, leia todo o resto em pensamento, o que gostaria de ouvir ou de ler de mim, tudo o que poderia lhe escrever; e o que não lhe escreveria agora! Lembre-se da sua pobre Várienka, que o amou com todas as forças. Todas as suas cartas ficaram na gaveta de cima da cômoda de Fiódora. Escreve que está doente, mas o senhor Bíkov não me deixa sair hoje para lugar nenhum. Hei de lhe escrever, meu amigo, eu prometo, mas só Deus sabe o que pode acontecer. Então, despeçamo-nos agora para sempre, meu amigo, meu pombinho, para sempre!... Oh, que abraço lhe daria agora! Adeus, meu amigo, adeus, adeus. Viva feliz; tenha boa saúde. Minhas orações serão eternamente para o senhor. Oh, como me sinto triste, como sinto toda a minha alma oprimida. O senhor Bíkov está me chamando. Com eterno amor

V.

P. S. Minha alma está tão repleta, mas tão repleta de lágrimas agora...

As lágrimas me sufocam, me dilaceram. Adeus.

Meu Deus, que tristeza!

Lembre-se, lembre-se da sua pobre Várienka!

Várienka, minha filha, minha pombinha, meu tesouro! Estão levando-a embora, está partindo! Melhor seria agora que me arrancassem o coração do peito! Como pode fazer isso? Chora, mas está partindo?! Acabo de receber sua cartinha toda salpicada de lágrimas. Significa que não quer ir; significa que a levam à força; significa que tem pena de mim, significa que gosta de mim! E como é possível, com quem há de ficar agora? Lá o seu coraçãozinho sentirá tristeza, náusea e frio. A saudade irá sugá-lo, a tristeza o rasgará ao meio. Lá vai morrer, lá a enterrarão na terra úmida; não haverá ninguém lá para chorar por você! O senhor Bíkov vai passar o tempo caçando lebres... Ah, minha filha, minha filha! que decisão foi essa, como pôde tomar uma medida dessas? O que foi fazer, o que fez consigo mesma! Pois lá hão de levá-la para o caixão; lá vão deixá-la esgotada, anjinho. Porque é frágil, minha filha, como uma peninha! E onde estava eu? Para onde eu estava, estúpido, olhando feito um basbaque? Olho, a criança está fazendo extravagância, simplesmente, a cabecinha da criancinha está doendo! Devia, muito simplesmente... mas não, sou um toleirão mesmo, não penso em nada, não vejo nada, como se tudo estivesse certo, como se nada disso me dissesse respeito; e ainda me pus a correr atrás de falbalá!... Não, Várienka, hei de me levantar; amanhã, talvez, já esteja restabelecido, e então me levanto!... Eu, minha filha, vou me jogar debaixo das rodas; não a deixarei ir embora. Não, o que está ocorrendo de fato? Com que direito acontece uma coisa dessas? Partirei com você; se não me levar, hei de correr atrás de sua carruagem, e vou correr até não poder mais, até que me falte alento. E por acaso sabe o que há nesse lugar para onde está indo, minha filha? Talvez não saiba, então pergunte a mim! Lá só há estepe, minha querida, só estepe, a estepe nua; nua como a palma da minha mão! Lá circulam mulheres insensíveis e mujiques ignorantes e bêbados. Lá agora as folhas todas já caíram das árvores e só chove e faz frio — e é para lá que está indo! Bem, o senhor Bíkov tem o que fazer lá: vai ficar com as lebres; mas e você? Está querendo ser proprietária rural, minha filha? Mas, meu querubim! Olhe para si mesma, acha que se parece com uma proprietária rural?... Como é possível uma coisa dessas, Várienka? Para quem vou eu escrever cartas, minha filha? Aí está! Procure imaginar, minha filha — pergunte a si mesma, a quem vai ele escrever cartas? A quem vou chamar de minha filha; a quem vou chamar por um nome tão carinhoso? Onde poderei encontrá-la depois, meu anjinho? Morrerei, Várienka, por certo que morrerei; meu coração não poderá suportar tamanha infelicidade! Eu a amei como à luz do dia, como se ama a uma filha legítima, amei tudo em você, minha filha, minha querida! e não era senão por você, unicamente, que vivia! Trabalhava, copiava documentos, andava, passeava e transmitia todas as minhas observações para o papel em forma de cartas amigáveis, e tudo, minha filha, porque vivia aqui perto, em frente. Talvez não soubesse disso, mas era tudo exatamente assim! Pois ouça, minha filha, reflita bem, minha linda pombinha encantadora, como é possível que esteja nos deixando? Minha querida, não pode ir, é impossível; simplesmente, está decidido, não há qualquer possibilidade! Além de tudo, está chovendo e é fragilzinha, pode apanhar um resfriado. Sua carruagem vai ficar encharcada; com certeza vai ficar encharcada. E, assim que transpuserem a barreira da cidade, vai se quebrar; vai se quebrar de propósito. Porque aqui em Petersburgo as carruagens são tão malfeitas! Conheço todos esses carpinteiros de carruagens; o que conta, para eles, é o modelo, o que fazem é fabricar lá um brinquedo qualquer, mas não são sólidas! eu lhe juro que não são sólidas! Cairei de joelhos diante do senhor Bíkov, minha filha; hei de demonstrar-lhe, de demonstrar-lhe tudo! E demonstre-lhe também, minha filha; demonstre-lhe com a razão! Diga-lhe que ficará e que não pode ir!... Ora, por que não foi se casar em Moscou com a filha do comerciante? Ele que se casasse por lá com ela! Para ele a filha de um comerciante seria muito mais apropriada; e isso eu sei por quê! E eu a teria mantido aqui comigo. Para que precisa dele, minha filha, desse Bíkov? Por que ele de repente lhe pareceu gentil? Talvez porque a tenha enchido de falbalá, talvez tenha sido por isso! Mas o que significa esse falbalá? para que falbalá? Pois isso, minha filha, não vale nada! O que se trata, aqui, é de uma vida humana, já esse falbalá, minha filha, é um pedaço de pano; o falbalá, minha filha, não passa de um pedacinho de pano. Eu mesmo, assim que receber o ordenado, lhe comprarei uma porção de falbalá; hei de comprar uma porção, minha filha; conheço até uma loja aqui; espere só até eu receber o ordenado, Várienka, meu querubim! Ah, Senhor, Senhor! Quer dizer que vai mesmo embora para as estepes com o senhor Bíkov, que vai para sempre? Ah, minha filha!... Não, escreva-me mais uma vez, escreva-me uma cartinha mais contando tudo, e quando for embora, então escreva-me de lá uma carta. Senão, meu anjo celeste, esta será a última carta; e não pode ser, de maneira alguma, que esta seja a última carta! Não mesmo, eu vou escrever, e também há de escrever--me... Mesmo porque, agora estou até começando a formar meu estilo... Ah, minha querida, o que interessa o estilo? Pois agora já não sei nem o que estou escrevendo, não sei mesmo, não sei de nada, nem sequer releio, nem corrijo o estilo, escrevo por escrever, apenas para lhe escrever mais... Minha pombinha, minha querida, minha filha!

POSFÁCIO

Fátima Bianchi

É provável que não haja outro caso, pelo menos na Rússia, de um escritor que da noite para o dia tenha saído da mais completa obscuridade para a glória antes mesmo de ter sua primeira obra publicada. Em 1845, aos 25 anos de idade e completamente desconhecido, Fiódor Mikháilovitch Dostoiévski surge no círculo literário de Vissarion Bielínski, o principal crítico da época, trazendo consigo os manuscritos de seu primeiro romance, *Gente pobre*, prontos para vir à luz. O poeta russo Nikolai Nekrássov (1821-1878) e o escritor Dmitri Grigoróvitch (1822-1899), ao terminar sua leitura, em lágrimas, saíram anunciando que havia surgido um novo Gógol e predizendo um grande futuro ao então jovem escritor. Bielínski, após ler os manuscritos, declarou a um amigo, em êxtase, que essa obra revelava "mistérios e caracteres da Rússia com os quais ninguém até então havia sequer sonhado. Essa é a primeira tentativa de se fazer um romance social entre nós".[1]

Em *Gente pobre*, que seria publicado no ano seguinte, Bielínski encontrou o afastamento do romantismo que, em sua opinião, a época exigia, a alusão ao protesto social, o elemento próprio da "escola natural", além de uma continui-

---

[1] I. V. Ânnienkov, "Zametchátielnie diesiatiliétia, 1838-1848" (Um decênio admirável, 1838-1848), in *F. M. Dostoiévski v rússkoi krítike* (*F. M. Dostoiévski na crítica russa*), Moscou, Khudojestvennaia Literatura, 1956, p. 36.

dade da tradição humanista preparada pela evolução das descobertas de Púchkin e das buscas posteriores de Gógol no que diz respeito ao tema do "homem sem importância". Motivos mais que suficientes para justificar o grande entusiasmo com que foi saudado pela crítica progressista o surgimento do novo e "singular talento". Por algum tempo, jornais e revistas só falaram no nome do "senhor Dostoiévski", que se tornou imediatamente o centro das atenções. Seus sonhos juvenis de glória estavam se realizando. Sua primeira obra era um sucesso, e ele, um autor famoso e admirado.

Quando Dostoiévski inicia suas atividades como escritor, desenvolvia-se na Rússia uma tendência literária que se fortalecia com o nome de "escola natural". Bielínski foi seu grande inspirador ideológico, a partir da publicação de *Almas mortas*, de Gógol, em 1842, quando o cenário literário passou a ser dominado pelas discussões a respeito da arte desse autor. Preocupado com o romance social, então em expansão, Bielínski vira em Gógol o primeiro a representar de uma forma não só ousada, mas principalmente correta, a realidade russa. Por estar mais voltado às questões sociais, em sua opinião, estava também mais dentro do espírito da época do que Púchkin e, portanto, tinha um significado muito mais importante do que este para a sociedade russa. (A obra de Púchkin, no entanto, com sua representação do "destino humano" conscientemente situado no centro da exposição da realidade histórica, constituiu a base das descobertas posteriores dos então denominados realistas russos.)

Tomando como referência a obra de Gógol, Bielínski, assim como outros críticos, divulgou amplamente suas próprias preocupações e a tarefa que atribuía aos escritores russos de expor, em suas descrições da sociedade contemporânea, as condições de estarrecedora injustiça em que viviam as populações oprimidas da cidade e do campo.

Seduzido por essa nova tendência que se desenvolvia na literatura russa da época, ao escrever sua primeira obra, Dos-

Posfácio

toiévski coloca-se intencionalmente sob sua bandeira. *Gente pobre* refletia a tal ponto as buscas ideológicas dos seus contemporâneos progressistas que foi imediatamente considerada uma das obras que melhor expressavam as premissas do realismo russo defendidas pela "escola natural" e uma das primeiras demonstrações de seu crescente amadurecimento. Tudo neste romance, desde o título, os heróis, o tema, estava de acordo com o espírito da escola. A ideia e o significado social da obra, no entanto, desvendavam o sentido da vida sob um novo ponto de vista, já que Dostoiévski não se contentou com as soluções a que se propuseram seus antecessores.

A publicação de *Gente pobre* em janeiro de 1846 no almanaque *Coletâneas de Petersburgo*, dirigido por Nekrássov, significou um acontecimento inédito. E, de fato, este romance ocupa uma posição de particular interesse na história da literatura russa e na obra de Dostoiévski como um todo. Podendo ser lido como um diálogo entre o período gogoliano dos anos 1840 e outros períodos da literatura russa, a começar por Karamzin,[2] ele inclui ainda um grande número de modelos estrangeiros — particularmente franceses, que apresentavam um romantismo de um novo tipo, voltado para um "socialismo" humanitário, associado a escritores como George Sand, Eugène Sue e Victor Hugo, que Dostoiévski lia avidamente na década de 1840.

Em *Gente pobre*, vários personagens estão associados a motivos tirados da literatura, que na vida miserável de Diévuchkin aparece como um recurso vital para a sua comunicação com Varvara e a base de sua relação com Rataziáiev. Além disso, sua correspondência toda com Varvara revela-se um exercício para "formar" o que ele denomina "estilo".

---

[2] Nikolai Mikháilovitch Karamzin (1766-1826) foi um dos mais influentes escritores da prosa russa do século XVIII. Grande parte de sua vida ele devotou a escrever os doze volumes de sua monumental *História do Estado russo*.

O romance resulta, assim, numa reflexão de várias décadas da prosa russa, que vai desde o sentimentalismo com suas raízes em *Pobre Liza*, de Karamzin (1792), até a escola natural e o assim chamado "ensaio fisiológico", popularizado na imprensa de inícios dos anos 1840. Dostoiévski cita em seu primeiro romance os contos "O chefe da estação", de Púchkin, e "O capote", de Gógol, indicando desse modo seus mestres. Tanto o primeiro — enquanto representação do drama e da dor profunda da vida interior da personagem — como o segundo — que retrata com traços fortes o cotidiano de um "funcionário pobre", um "homem sem importância", acuado — são seus precursores diretos.

Num plano mais geral, a obra toda é um diálogo entre Púchkin e Gógol, visto da perspectiva de meados dos anos 1840. De um lado está a identificação e aceitação da história de "O chefe da estação", de Púchkin, por parte de Diévuchkin, como uma narrativa realista e compassiva com as vicissitudes de um funcionário pobre. De outro está a sua rejeição a "O capote", de Gógol, como algo "inverossímil".

Mas é principalmente com o fenômeno Gógol que Dostoiévski mantém esse diálogo em toda a extensão da novela, ressaltado no paralelo irônico entre Diévuchkin e Akáki Akákievitch, de "O capote". Ambos são copistas, funcionários inexpressivos numa repartição pública de Petersburgo, que, ao encontrar uma razão para preencher o vazio de uma existência miserável, concentram nela toda a sua energia emocional: no caso de Akáki Akákievitch, o seu capote, e no de Diévuchkin, a jovem Varvara. Entretanto, no final, quando todos os obstáculos para a felicidade parecem superados tanto na vida de um como de outro, eles se veem privados do objeto de seu amor obsessivo, tornando-se motivo de grande compaixão.

Até o surgimento de *Gente pobre*, os gêneros dominantes na chamada literatura de orientação gogoliana eram o conto, a novela e o "ensaio fisiológico". Este último procura-

Posfácio

177

va representar a vida da sociedade de seu tempo numa série de textos que dividia a sociedade em grupos separados. Cada um era endereçado à descrição detalhada de um dos diferentes tipos sociais, das diferentes profissões. Isto, de certa forma, impedia uma compreensão mais abrangente da vida do povo, de um quadro mais geral de toda a sociedade.

Para escrever *Gente pobre*, Dostoiévski apoia-se na experiência da exploração do tema da vida de Petersburgo nas novelas gogolianas e nos "ensaios fisiológicos" dos tipos urbanos. Mas, como observou Bielínski, ele não se contenta com a representação do destino de uma existência sem atrativos, do infortúnio social do homem pobre, que "tem a inteligência e a capacidade esmagadas, achatadas pela vida". No "homem sem importância", na mais limitada natureza humana, ele procura mostrar um ser pleno, capaz de pensar e sentir, e mesmo de agir, da maneira mais profunda, apesar da sua pobreza e humildade social.

O tema da defesa da dignidade das pessoas pobres não era novo na literatura russa. Em sua novela *Pobre Liza*, a mais notável obra sentimental russa do século XVIII, Karamzin procura pôr em evidência o valor do ser humano recorrendo a uma personagem da mais baixa extração social. Ao representar o amor proibido entre uma jovem camponesa e um rapaz nobre, toma para si a tarefa de demonstrar à sociedade que a capacidade de amar de um servo em nada diferia da de um nobre, o que provocou na época uma grande repercussão, já que tudo na novela era extremamente novo para o leitor.

A impressão que suscitou a primeira obra de Dostoiévski certamente não foi menor. Em seu centro, o escritor situa o tema da dignidade humana dos mais pobres por meio da imagem interior de um homem que se encontra à beira da miséria, mas nem por isso deixa de se revelar uma criatura excepcional. A intenção do escritor, na representação do cotidiano de seu personagem em sociedade, é demonstrar, através da imagem que ele tem de si mesmo, que sua miséria exterior não espelha o que lhe vai nas profundezas do coração. Tanto que as necessidades materiais que Diévuchkin é forçado a experimentar o tempo todo, e que se tornam objeto de séria atenção e discussão em suas cartas, não fazem dele um homem ridículo. Ao contrário, como observa o crítico soviético G. Fridlénder, "é justamente na luta contra a necessidade e a pobreza que vêm à tona a sua autoafirmação, a sua sensibilidade e toda a sua riqueza espiritual".[3]

Nesse sentido, a representação dessa personagem vem ao encontro dos anseios da crítica da década de 1840, que se queixava que os hábitos e a situação lastimável dos funcionários de São Petersburgo transformavam-se em matéria banal, vulgar, da literatura humorística corrente. Nem mesmo "O capote", de Gógol, havia conseguido vencer esta torrente de zombaria sobre os funcionários pobres, que na época eram quase um terço da população. Ao contrário, parece ter aumentado a atratividade do tema. Daí a indignação de Diévuchkin, ao se reconhecer na figura de Akáki Akákievitch, e a revolta que expressa com veemência contra seu criador, ao passo que na personagem de Púchkin ele reconhece seus próprios sentimentos.

Ainda que sua primeira obra tenha sido publicada completamente dentro do espírito da escola natural e o conteúdo seja o mesmo representado na obra de Gógol, sua ordenação se dá de modo totalmente diverso. Para Dostoiévski, o modo de interpretação da realidade desta escola, ao reproduzir os fenômenos superficiais da sociedade sem penetrar nas suas essências significativas, não era suficiente para a representação das características mais determinantes de suas personagens. O que ele próprio expõe numa carta a seu irmão

---

[3] G. M. Fridlénder, *Realism Dostoiévskogo* (O realismo de Dostoiévski), Leningrado, Naúka, 1964, p. 63.

Posfácio

Mikhail, ao se referir à reação da crítica ao estilo de *Gente pobre*:

> "Encontram em mim uma corrente original nova (Bielínski e os outros), que se constitui pelo fato de eu agir pela Análise, e não pela Síntese, isto é, vou ao fundo, mas desmontando em átomo busco o todo. Já Gógol pega diretamente o todo, e por isso não é tão profundo quanto eu".[4]

Ou seja, para abordar o tema característico do "ensaio fisiológico", em *Gente pobre* ele pega a personagem criada por Gógol, mas a apresenta do ponto de vista da personagem puchkiniana. Isto é, a faz "virar o coração do avesso para os outros verem e descrever tudo em pormenores", e a partir do ponto de vista dela própria. Com isso, Dostoiévski revela um princípio básico de orientação do seu projeto artístico no modo de representação do ser humano. Princípio este que, nesta mesma carta, já está claramente exposto:

> "Eles não entendem como é possível escrever com tal estilo. Eles se acostumaram a ver em tudo a cara do criador; a minha, no entanto, eu não mostrei. E eles não conseguem perceber que é Diévuchkin quem fala, e não eu, que Diévuchkin não conseguiria falar de outra maneira. Acham o romance prolixo, mas nele não há palavra supérflua".[5]

Isso, que para ele constituía a própria essência do seu método de criação, não passou despercebido para Bielínski.

---

[4] F. M. Dostoiévski, "Carta a M. M. Dostoiévski de 1º de setembro de 1856", *Pólnoie sobránie sotchniênii* (Obras completas), Leningrado, Naúka, 1982, t. 28, livro 1, p. 118.

[5] *Idem*.

Este considerou como uma das especificidades características da forma de escrever de Dostoiévski o fato de a narrativa do autor e a do personagem não estarem separadas por uma fronteira nítida: "O autor narra o incidente de seu herói a partir de si próprio, mas completamente com a linguagem e a compreensão do herói". Isto, para o crítico, revelava a sua "capacidade, por assim dizer, de entrar na pele de uma outra criatura completamente estranha a ele".[6]

Ao mesmo tempo, a obra foi violentamente criticada por sua prolixidade, pela falta de acabamento e pela falta de rigor de estilo que se atribuiu a ela. Na opinião da crítica da época, sua linguagem remetia a uma forma de conversação, a uma imitação da linguagem comum das relações de trabalho nas repartições públicas. Embora esse fosse o modo como se expressavam os funcionários, ele não podia escrever assim.

Como já foi bastante explorado pela crítica, a linguagem das obras de Dostoiévski é de fato caracterizada por um aparente "mal-acabamento" estilístico. Este é, no entanto, um recurso intencional e consciente, orientado sempre por um objetivo determinado. As repetições constantes de palavras, de expressões e até de frases inteiras, as pontuações gráficas mais inusitadas que adota, o uso excessivo que faz de partículas expletivas e com função enfática têm o seu propósito.

Um exemplo disso pode ser notado no emprego da palavra *mátotchka* neste livro, uma das variantes de *mátuchka*, diminutivo de *mat*, mãe. *Mátotchka* é uma forma típica da região de Riazan, onde ficava a propriedade que os irmãos Dostoiévski herdaram de uma tia. A opção por "minha filha" na tradução foi feita por considerarmos que, nesse caso específico, correspondia melhor em português à forma de tratamento empregada no russo. A insistência na repetição des-

---

[6] V. G. Bielínski, *Peterburgski Sbórnik* (Coletâneas de Petersburgo), *Sobránie sotchniênii v tridtzatí tomákh* (Obras reunidas em três tomos), Moscou, Goslitizdát, 1949, t. 3, p. 84.

Posfácio

sa palavra no romance, que às vezes aparece mais de uma vez numa mesma oração, revela-se como um recurso literário básico, que matiza a linguagem do personagem, pondo em relevo seu caráter coloquial, mais adequado à maneira de expressão de um funcionário pobre e com pouca instrução.

No entanto, o fato de tratar-se de um romance no gênero epistolar (muito em voga no século XVIII) permitiu ainda ao autor mostrar como aos poucos, com a prática, seu protagonista vai superando as dificuldades com a escrita, que de início se apresenta toda "enrolada". Mas esse seu exercício para "formar um estilo" resultou insólito no romance e foi tomado por todos como uma transgressão da norma, numa época em que se exigia dos escritores o emprego de uma linguagem eminentemente literária.

E, a bem da verdade, a linguagem aparece mesmo em sua obra, já desde o início de sua carreira, como um dos fatores que lhe permitiram pôr em questão todo o modo de representação realista então defendido pela escola natural, que exigia do escritor o máximo de objetividade, e, com ele, a própria posição do narrador.

Na medida do possível, a tradução procurou manter o emprego que Dostoiévski faz dos tempos verbais, que constitui um traço característico de sua prosa. Ao inserir as formas do presente em narrativas sobre o passado, ele remete para um primeiro plano, do aqui e agora, as ações a que elas se referem, criando, num jogo sutil, a impressão de um "quadro" que expressa um processo que se prolonga.

Por último, é preciso acrescentar aqui uma palavra sobre o título da obra, *Biédnie liúdi* (*Gente pobre*). Apesar de no original em russo estar na ordem direta, ele pode também ter outra conotação. É evidente seu paralelismo com o título da novela *Biédnaia Liza* (*Pobre Liza*), de Karamzin, na qual o adjetivo "biédnie", além de se referir diretamente ao estado de pobreza material da personagem, remete ainda a um sentido moral, de comiseração, pela grande compaixão que seu destino infeliz inspira no leitor. A inversão do título deste romance para *Pobre gente* também seria perfeitamente válida. A opção pela ordem direta em português se deu mais por uma questão de eufonia e só foi feita após um estudo minucioso das duas possibilidades de sua tradução, que levou em consideração a intenção de toda a obra.

SOBRE O AUTOR

Fiódor Mikháilovitch Dostoiévski nasceu em Moscou a 30 de outubro de 1821, num hospital para indigentes onde seu pai trabalhava como médico. Em 1838, um ano depois da morte da mãe por tuberculose, ingressa na Escola de Engenharia Militar de São Petersburgo. Ali aprofunda seu conhecimento das literaturas russa, francesa e outras. No ano seguinte, o pai é assassinado pelos servos de sua pequena propriedade rural.

Só e sem recursos, em 1844 Dostoiévski decide dar livre curso à sua vocação de escritor: abandona a carreira militar e escreve seu primeiro romance, *Gente pobre*, publicado dois anos mais tarde, com calorosa recepção da crítica. Passa a frequentar círculos revolucionários de Petersburgo e em 1849 é preso e condenado à morte. No derradeiro minuto, tem a pena comutada para quatro anos de trabalhos forçados, seguidos por prestação de serviços como soldado na Sibéria — experiência que será retratada em *Escritos da casa morta*, livro que começou a ser publicado em 1860, um ano antes de *Humilhados e ofendidos*.

Em 1857 casa-se com Maria Dmitrievna e, três anos depois, volta a Petersburgo, onde funda, com o irmão Mikhail, a revista literária *O Tempo*, fechada pela censura em 1863. Em 1864 lança outra revista, *A Época*, onde imprime a primeira parte de *Memórias do subsolo*. Nesse ano, perde a mulher e o irmão. Em 1866, publica *Crime e castigo* e conhece Anna Grigórievna, estenógrafa que o ajuda a terminar o livro *Um jogador*, e será sua companheira até o fim da vida. Em 1867, o casal, acossado por dívidas, embarca para a Europa, fugindo dos credores. Nesse período, ele escreve *O idiota* (1869) e *O eterno marido* (1870). De volta a Petersburgo, publica *Os demônios* (1872), *O adolescente* (1875) e inicia a edição do *Diário de um escritor* (1873-1881).

Em 1878, após a morte do filho Aleksiêi, de três anos, começa a escrever *Os irmãos Karamázov*, que será publicado em fins de 1880. Reconhecido pela crítica e por milhares de leitores como um dos maiores autores russos de todos os tempos, Dostoiévski morre em 28 de janeiro de 1881, deixando vários projetos inconclusos, entre eles a continuação de *Os irmãos Karamázov*, talvez sua obra mais ambiciosa.

SOBRE A TRADUTORA

Fátima Bianchi é professora da área de Língua e Literatura Russa do curso de Letras da Faculdade de Filosofia, Letras e Ciências Humanas da Universidade de São Paulo. Entre 1983 e 1985, estudou no Instituto Púchkin de Língua e Literatura Russa, em Moscou. Defendeu sua dissertação de mestrado (sobre a novela *Uma criatura dócil*, de Dostoiévski) e sua tese de doutorado (para a qual traduziu a novela *A senhoria*, do mesmo autor) na área de Teoria Literária e Literatura Comparada, também na USP. Em 2005 fez estágio na Faculdade de Filologia da Universidade Estatal de Moscou Lomonóssov, com uma bolsa da CAPES.

Traduziu *Ássia* (Cosac Naify, 2002; Editora 34, 2023) e *Rúdin* (Editora 34, 2012), de Ivan Turguêniev; *Verão em Baden-Baden*, de Leonid Tsípkin (Companhia das Letras, 2003); e *Uma criatura dócil* (Cosac Naify, 2003), *A senhoria* (Editora 34, 2006), *Gente pobre* (Editora 34, 2009), *Um pequeno herói* (Editora 34, 2015), *Humilhados e ofendidos* (Editora 34, 2018) e *Crônicas de Petersburgo* (2020), de Fiódor Dostoiévski, além de diversos contos e artigos de crítica literária. Assinou também a organização e apresentação do volume *Contos reunidos*, de Dostoiévski (Editora 34, 2017). Tem participado de conferências sobre a vida e obra de Dostoiévski em várias localidades, é editora da *RUS — Revista de Literatura e Cultura Russa*, da Universidade de São Paulo, e ocupa o cargo de coordenadora regional da International Dostoevsky Society.

OBRAS DE DOSTOIÉVSKI
PUBLICADAS PELA EDITORA 34

Gente pobre (1846), tradução de Fátima Bianchi [2009]

O duplo (1846), tradução de Paulo Bezerra [2011]

Crônicas de Petersburgo (1847), tradução de Fátima Bianchi [2020]

A senhoria (1847), tradução de Fátima Bianchi [2006]

Noites brancas (1848), tradução de Nivaldo dos Santos [2005]

Niétotchka Niezvânova (1849), tradução de Boris Schnaiderman [2002]

Um pequeno herói (1857), tradução de Fátima Bianchi [2015]

A aldeia de Stepántchikovo e seus habitantes (1859), tradução de Lucas Simone [2012]

Dois sonhos: O sonho do titio (1859) e *Sonhos de Petersburgo em verso e prosa* (1861), tradução de Paulo Bezerra [2012]

Humilhados e ofendidos (1861), tradução de Fátima Bianchi [2018]

Escritos da casa morta (1862), tradução de Paulo Bezerra [2020]

Uma história desagradável (1862), tradução de Priscila Marques [2016]

Memórias do subsolo (1864), tradução de Boris Schnaiderman [2000]

O crocodilo (1865) e *Notas de inverno sobre impressões de verão* (1863), tradução de Boris Schnaiderman [2000]

Crime e castigo (1866), tradução de Paulo Bezerra [2001]

Um jogador (1867), tradução de Boris Schnaiderman [2004]

O idiota (1869), tradução de Paulo Bezerra [2002]

O eterno marido (1870), tradução de Boris Schnaiderman [2003]

Os demônios (1872), tradução de Paulo Bezerra [2004]

Bobók (1873), tradução de Paulo Bezerra [2012]

O adolescente (1875), tradução de Paulo Bezerra [2015]

Duas narrativas fantásticas: A dócil (1876) e *O sonho de um homem ridículo* (1877), tradução de Vadim Nikitin [2003]

Os irmãos Karamázov (1880), tradução de Paulo Bezerra [2008]

Contos reunidos, tradução de Priscila Marques, Boris Schnaiderman, Paulo Bezerra, Fátima Bianchi, Denise Sales, Vadim Nikitin, Irineu Franco Perpetuo, Daniela Mountian e Moissei Mountian [2017], incluindo "Como é perigoso entregar-se a sonhos de vaidade" (1846), "O senhor Prokhártchin" (1846), "Romance em nove cartas" (1847), "Um coração fraco" (1848), "Polzunkov" (1848) "Uma árvore de Natal e um casamento" (1848), "A mulher de outro e o marido debaixo da cama" (1860), "O ladrão honrado" (1860), "O crocodilo" (1865), "O sonho de Raskólnikov" (extraído de *Crime e castigo*, 1866), "Vlás" (1873)*, "Bobók" (1873)*, "Meia carta de 'uma certa pessoa'" (1873)*, "Pequenos quadros" (1873)*, "Pequenos quadros (durante uma viagem)" (1874), "A história de Maksim Ivánovitch" (extraído de *O adolescente*, 1875), "Um menino na festa de Natal de Cristo" (1876)*, "Mujique Marei" (1876)*, "A mulher de cem anos" (1876)*, "O paradoxalista" (1876)*, "Dois suicídios" (1876)*, "O veredicto" (1876)*, "A dócil" (1876)*, "Uma história da vida infantil" (1876)*, "O sonho de um homem ridículo" (1877)*, "Plano para uma novela de acusação da vida contemporânea" (1877)*, "O tritão" (1878) e "O Grande Inquisidor" (extraído de *Os irmãos Karamázov*, 1880), além de "A mulher de outro" (1848), "O marido ciumento" (1848), "Histórias de um homem vivido" (1848) e "Domovoi" — o volume traz o conjunto das obras de ficção publicadas no *Diário de um escritor* (1873-1881), aqui assinaladas com *

COLEÇÃO LESTE

István Örkény
*A exposição das rosas
e A família Tóth*

Karel Capek
Histórias apócrifas

Dezsö Kosztolányi
*O tradutor cleptomaníaco
e outras histórias de Kornél Esti*

Sigismund Krzyzanowski
*O marcador de página
e outros contos*

Aleksandr Púchkin
*A dama de espadas:
prosa e poemas*

A. P. Tchekhov
*A dama do cachorrinho
e outros contos*

Óssip Mandelstam
*O rumor do tempo
e Viagem à Armênia*

Fiódor Dostoiévski
Memórias do subsolo

Fiódor Dostoiévski
*O crocodilo e
Notas de inverno
sobre impressões de verão*

Fiódor Dostoiévski
Crime e castigo

Fiódor Dostoiévski
Niétotchka Niezvânova

Fiódor Dostoiévski
O idiota

Fiódor Dostoiévski
*Duas narrativas fantásticas:
A dócil e
O sonho de um homem ridículo*

Fiódor Dostoiévski
O eterno marido

Fiódor Dostoiévski
Os demônios

Fiódor Dostoiévski
Um jogador

Fiódor Dostoiévski
Noites brancas

Anton Makarenko
Poema pedagógico

A. P. Tchekhov
*O beijo
e outras histórias*

Fiódor Dostoiévski
A senhoria

Lev Tolstói
A morte de Ivan Ilitch

Nikolai Gógol
Tarás Bulba

Lev Tolstói
A Sonata a Kreutzer

Fiódor Dostoiévski
Os irmãos Karamázov

Vladímir Maiakóvski
O percevejo

Lev Tolstói
Felicidade conjugal

Nikolai Leskov
*Lady Macbeth
do distrito de Mtzensk*

Nikolai Gógol
Teatro completo

Fiódor Dostoiévski
Gente pobre

Nikolai Gógol
*O capote
e outras histórias*

Fiódor Dostoiévski
O duplo

A. P. Tchekhov
Minha vida

Bruno Barretto Gomide (org.)
Nova antologia do conto russo

Nikolai Leskov
A fraude e outras histórias

Nikolai Leskov
*Homens interessantes
e outras histórias*

Ivan Turguêniev
Rúdin

Fiódor Dostoiévski
*A aldeia de Stepántchikovo
e seus habitantes*

Fiódor Dostoiévski
*Dois sonhos:
O sonho do titio e
Sonhos de Petersburgo
em verso e prosa*

Fiódor Dostoiévski
Bobók

Vladímir Maiakóvski
Mistério-bufo

A. P. Tchekhov
Três anos

Ivan Turguêniev
Memórias de um caçador

Bruno Barretto Gomide (org.)
*Antologia do
pensamento crítico russo*

Vladímir Sorókin
Dostoiévski-trip

Maksim Górki
*Meu companheiro de estrada
e outros contos*

A. P. Tchekhov
O duelo

Isaac Bábel
*No campo da honra
e outros contos*

Varlam Chalámov
Contos de Kolimá

Fiódor Dostoiévski
Um pequeno herói

Fiódor Dostoiévski
O adolescente

Ivan Búnin
O amor de Mítia

Varlam Chalámov
*A margem esquerda
(Contos de Kolimá 2)*

Varlam Chalámov
*O artista da pá
(Contos de Kolimá 3)*

Fiódor Dostoiévski
Uma história desagradável

Ivan Búnin
O processo do tenente Ieláguin

Mircea Eliade
Uma outra juventude e Dayan

Varlam Chalámov
Ensaios sobre o mundo do crime
(Contos de Kolimá 4)

Varlam Chalámov
A ressurreição do lariço
(Contos de Kolimá 5)

Fiódor Dostoiévski
Contos reunidos

Lev Tolstói
Khadji-Murát

Mikhail Bulgákov
O mestre e Margarida

Iuri Oliécha
Inveja

Nikolai Ognióv
Diário de Kóstia Riábtsev

Ievguêni Zamiátin
Nós

Boris Pilniák
O ano nu

Viktor Chklóvski
Viagem sentimental

Nikolai Gógol
Almas mortas

Fiódor Dostoiévski
Humilhados e ofendidos

Vladímir Maiakóvski
Sobre isto

Ivan Turguêniev
Diário de um homem supérfluo

Arlete Cavaliere (org.)
Antologia do humor russo

Varlam Chalámov
A luva, ou KR-2
(Contos de Kolimá 6)

Mikhail Bulgákov
Anotações de um jovem médico
e outras narrativas

Lev Tolstói
Dois hussardos

Fiódor Dostoiévski
Escritos da casa morta

Ivan Turguêniev
O rei Lear da estepe

Fiódor Dostoiévski
Crônicas de Petersburgo

Lev Tolstói
Anna Kariênina

Liudmila Ulítskaia
Meninas

Vladímir Sorókin
O dia de um oprítchnik

Aleksandr Púchkin
A filha do capitão

Lev Tolstói
O cupom falso

Iuri Tyniánov
O tenente Quetange

Ivan Turguêniev
Ássia

ESTE LIVRO FOI COMPOSTO EM SABON,
PELA BRACHER & MALTA, COM CTP DA
NEW PRINT E IMPRESSÃO DA GRAPHIUM
EM PAPEL PÓLEN NATURAL 80 G/M² DA
CIA. SUZANO DE PAPEL E CELULOSE PARA
A EDITORA 34, EM FEVEREIRO DE 2024.